Leo N. Tolstoi

Wovon die Menschen leben

und andere Erzählungen

Übersetzt von Alexander Eliasberg

und Hermann Röhl

Leo N. Tolstoi: Wovon die Menschen leben und andere Erzählungen

Übersetzt von Alexander Eliasberg und Hermann Röhl.

Wovon die Menschen leben:
  Übersetzt von Alexander Eliasberg, aus »Volkserzählungen«, Insel
  Verlag, Leipzig 1913.
Die drei Greise:
  Übersetzt von Alexander Eliasberg, aus »Volkserzählungen«, Insel
  Verlag, Leipzig 1913.
Leinwandmesser:
  Übersetzt von Hermann Röhl, Insel-Verlag, Leipzig, 1913.
Die beiden Alten:
  Übersetzt von Hermann Röhl, Insel Verlag, Leipzig o.J.

Neuausgabe mit einer Biographie des Autors
Herausgegeben von Karl-Maria Guth
Berlin 2017

Umschlaggestaltung von Thomas Schultz-Overhage unter Verwendung
des Bildes: Vasily Tropinin, Der alte Bauer, 1825

Gesetzt aus der Minion Pro, 11 pt

Verlag: Henricus - Edition Deutsche Klassik GmbH
Mörchinger Str. 33, 14169 Berlin, info@henricus-verlag.de
Druck: Libri Plureos GmbH, Friedensallee 273, 22763 Hamburg

ISBN 978-3-7437-0902-7

Bibliografische Information der Deutschen Nationalbibliothek

Die Deutsche Nationalbibliothek verzeichnet diese Publikation in der
Deutschen Nationalbibliografie; detaillierte bibliografische Daten sind
im Internet über www.dnb.de abrufbar.

Inhalt

Wovon die Menschen leben

Wir wissen, dass wir aus dem Tod in das Leben kommen sind, denn wir lieben die Brüder. Wer den Bruder nicht liebt, der bleibt im Tod. *(1. Joh. 3,14.)*
Wenn aber jemand dieser Welt Güter hat, und sieht seinen Bruder darben, und schließt sein Herz vor ihm zu, wie bleibt die Liebe Gottes bei ihm? *(3,17.)*
Meine Kindlein, lasst uns nicht lieben mit Worten, noch mit der Zunge, sondern mit der Tat und mit der Wahrheit. *(3,18.)*
Die Liebe ist von Gott, und wer lieb hat, der ist von Gott geboren und kennt Gott. *(4,7.)*
Wer nicht lieb hat, der kennt Gott nicht; denn Gott ist Liebe. *(4,8.)*
Niemand hat Gott jemals gesehen. So wir uns untereinander lieben, so bleibt Gott in uns. *(4,12.)*
Gott ist Liebe, und wer in der Liebe bleibt, der bleibt in Gott, und Gott in ihm. *(4,16.)*
So jemand spricht: Ich liebe Gott, und hasst seinen Bruder, der ist ein Lügner. Denn wer seinen Bruder nicht liebt, den er sieht, wie kann er Gott lieben, den er nicht sieht? *(4,20.)*

1.

Ein Schuster wohnte mit Frau und Kindern bei einem Bauern zur Miete. Er besaß weder ein eigenes Haus noch ein Stück Land und ernährte sich und die Seinen durch seine Schusterarbeit. Das Brot war teuer und die Arbeit billig; alles, was er verdiente, wurde sofort verzehrt. Der Schuster und seine Frau hatten zusammen nur einen Pelz, und dieser war schon arg zerfetzt; seit zwei Jahren hatte der Schuster die Absicht, sich Schaffelle zu einem neuen Pelz zu kaufen.

Im Herbst hatte der Schuster etwas Geld gespart: seine Frau hatte in der Truhe einen Dreirubelschein liegen, und die Bauern im Dorf schuldeten ihm noch fünf Rubel und zwanzig Kopeken.

Eines Morgens rüstete sich der Schuster, ins Dorf zu gehen, um sich die Felle zu kaufen. Er zog sich über das Hemd die wattierte baumwollene Jacke seiner Frau und darüber seinen Kaftan aus Tuch, steckte sich den Dreirubelschein in die Tasche, brach sich einen Stecken ab, frühstückte und machte sich auf den Weg. Er sagte sich: »Ich bekomme fünf Rubel von den Bauern, lege meine drei Rubel dazu und kaufe mir das Fell für den Pelz.«

Der Schuster kam ins Dorf und ging zu einem seiner Schuldner; dieser war nicht zu Hause, und seine Frau versprach, das Geld im Laufe der Woche zu schicken, gab ihm aber keinen Heller; der zweite Schuldner, den er aufsuchte, schwor, kein Geld zu haben, und zahlte ihm nur zwanzig Kopeken für das Ausbessern eines Paares Stiefel. Der Schuster wollte dann die Schaffelle auf Borg nehmen. Doch der Gerber wollte ihm nichts auf Borg geben.

»Wenn du bares Geld bringst, kannst du dir Ware nach deinem Belieben aussuchen; ich weiß ja gut, was es heißt, solche Schulden einzutreiben.«

So hatte der Schuster nichts ausgerichtet; er hatte nur die zwanzig Kopeken einkassiert und von einem Bauern den Auftrag bekommen, ein Paar alte Filzstiefel mit Leder zu besetzen.

Der Schuster war sehr betrübt; er trank für die zwanzig Kopeken Schnaps und ging ohne Felle nach Hause. Als er morgens ins Dorf ging, fror es ihn; doch jetzt, nachdem er den Schnaps getrunken, fühlte er sich auch ohne Pelz erwärmt. So geht der Schuster seinen Weg, klopft mit dem Stecken auf die mit einer Eiskruste überzogenen Steine, schwenkt mit der anderen Hand die Filzstiefel hin und her und redet mit sich selbst:

»Auch ohne Pelz ist mir warm. Das Gläschen, das ich getrunken, brennt mir in allen Adern. Ich brauche überhaupt keinen Pelz. Meinen Kummer habe ich schon vergessen. So ein Mensch bin ich. Was brauche ich denn überhaupt? Ich kann gut ohne Pelz auskommen. Auch ohne Pelz werde ich mein Leben beschließen. Allerdings wird sich mein Weib grämen. Es ist ja auch wirklich ärgerlich: ich muss mich für den Bauern abmühen, und er zieht die Bezahlung immer hinaus. Warte nur, mein Lieber! Wenn du mir das Geld nicht bringst, so nehme ich dir deine Mütze! Bei Gott! was soll es denn heißen? Du willst mir wohl die ganze Schuld in Zwanzigkopekenstücken bezahlen? Was kann man denn mit zwanzig Kopeken anfangen?

Höchstens ein Glas Schnaps trinken. Du sprichst von deiner Not. Leide ich denn keine Not? Du hast ja ein Haus und Vieh und eine ganze Wirtschaft, ich aber habe nichts als das, was ich an mir trage; du hast dein eigenes Brot, und ich muss mir welches kaufen. Wo man's hernimmt, bleibt sich gleich, aber drei Rubel gibt man in der Woche allein für Brot aus. Wenn ich nach Hause komme, heißt es gleich, das Brot sei zu Ende. Nun muss ich wieder eineinhalb Rubel auslegen. Ich brauche also wirklich mein Geld!«

Als sich der Schuster der Kapelle an der Straßenbiegung näherte, sah er hinter der Kapelle etwas Weißes schimmern. Es dämmerte schon; der Schuster sah aufmerksam hin, konnte aber nicht erkennen, was es war. »Ein Stein hat hier vorhin nicht gelegen. Sollt's ein Tier sein? Nein, es sieht nicht wie ein Tier aus. Eher ist's ein Mensch, doch warum so weiß? Was sollte auch ein Mensch hier tun?«

Als er näher herankam, konnte er es gut sehen. Ein wahres Wunder: Ein nackter Mensch, tot oder lebendig, saß unbeweglich auf der Erde, an die Kapelle gelehnt. Der Schuster erschrak und dachte sich: »Man hat hier einen Menschen umgebracht, ausgeraubt und nackt liegen gelassen. Wenn ich herangehe und mich in die Sache einmische, bekomme ich gleich die ganze Obrigkeit auf den Hals.«

Der Schuster ging weiter. Während er um die Kapelle herumging, war der Leichnam nicht mehr zu sehen. Als er aber ein Stück weitergegangen war und sich umblickte, sah er, dass der Mensch, den er für tot hielt, sich von der Mauer wegrückte und ihm nachsah. Er erschrak noch mehr und sagte sich: »Soll ich umkehren oder meinen Weg weitergehen? Wenn ich auf ihn zugehe, kann es leicht schlimm enden – wer weiß, wer er ist? Es sind sicher keine guten Werke, für die er hergeraten ist. Wenn ich mich ihm nähere, kann er aufspringen und mich erwürgen; dann bleibe ich hier liegen. Und wenn er mich nicht erwürgt, habe ich nur eine neue Sorge. Was soll ich mit dem Nackten anfangen? Ich kann mir doch wirklich nicht meine letzten Kleider vom Leib reißen und sie ihm geben. Möge Gott mich nur glücklich nach Hause führen!«

Der Schuster ging schneller; als er die Kapelle beinahe aus dem Gesicht verloren hatte, bekam er Gewissensbisse.

Der Schuster blieb wieder stehen und sagte sich:

»Was tust du denn, Semion? Ein Mensch geht hier zugrunde, und du bist so feig, dass du ihn in seinem Unglück liegen lässt. Oder bist du plötzlich reich geworden und fürchtest, dass man dir deinen Reichtum nimmt? Nein, Semion, das war nicht gut getan!«

2.

Semion ging auf den Menschen zu und betrachtete ihn: es war ein junger, kräftiger Mann, der gar nicht verwundet, sondern nur erfroren und verängstigt schien; er saß noch immer auf dem Boden, an die Kapelle gelehnt, und sah Semion gar nicht an; er war wohl so schwach, dass er die Augen nicht öffnen konnte. Erst als Semion ganz dicht vor ihm stand, kam der Mann zur Besinnung, wendete den Kopf nach ihm um, schlug die Augen auf und blickte ihn an. Durch diesen Blick gewann Semion den Nackten lieb. Er warf die Filzstiefel auf die Erde, löste seinen Gürtel, legte ihn auf die Filzstiefel und zog den Kaftan aus.

»Wir wollen nicht lange reden«, sagte er. »Ziehe den Kaftan an. Mach's schnell!«

Semion ergriff den Mann am Ellbogen und half ihm aufstehen. Der Mann erhob sich. Semion sah einen feinen sauberen Körper, dessen Glieder weder verwundet noch verrenkt waren, und ein frommes und rührendes Gesicht. Semion warf ihm seinen Kaftan über die Schultern. Die Arme wollten nicht in die Ärmel geraten. Semion half ihm die Arme in die Ärmel stecken, schlug ihm den Kaftan vorne zusammen und band ihm seinen Gürtel um.

Semion nahm dann seine zerrissene Mütze vom Kopf, um sie dem Nackten aufzusetzen. Ihm fror aber gleich der Kopf und er überlegte sich: »Ich habe eine Glatze, ihm hängen aber lange Locken an den Schläfen herab.« Er setzte sich seine Mütze wieder auf. »Ich will ihm lieber die Filzstiefel geben.« Er ließ ihn niedersetzen und zog ihm die Stiefel an.

Als der Schuster ihn so bekleidet hatte, sagte er ihm:

»Ja, so ist es, Bruder. Nun rühre dich, um dich zu erwärmen. Was dir geschehen, wird man hier auch ohne uns untersuchen. Kannst du überhaupt gehen?«

Der Mann stand da, blickte freundlich auf Semion, konnte aber kein Wort sagen.

»Warum sagst du nichts? Wir wollen doch hier nicht überwintern. Wir müssen nach Hause. Hier hast du meinen Stecken, stütze dich, wenn du so schwach bist. Rühre dich!«

Und der Mann ging. Er ging ganz leicht und blieb nicht hinter Semion zurück.

Unterwegs fragte ihn Semion:

»Was für ein Landsmann bist du?«

»Ich bin nicht von hier.«

»Die Hiesigen kenne ich alle. Wie bist du eigentlich hinter die Kapelle geraten?«

»Das darf ich nicht sagen.«

»Dir haben wohl Menschen etwas zuleide getan?«

»Niemand hat mir etwas zuleide getan. Gott hat mich gestraft.«

»Ich weiß ja, dass alles von Gott kommt; du musst dir aber doch irgendwie ein Unterkommen suchen. Wo willst du eigentlich hin?«

»Es ist mir einerlei.«

Semion wunderte sich sehr. Wie ein Spaßvogel sah der Mensch nicht aus; seine Rede klang freundlich und sanft, und doch wollte er nichts von sich sagen. Semion dachte sich: »Es kommen ja so verschiedene Dinge auf der Welt vor.« Und er sagte dem Menschen:

»Nun, komm in mein Haus, da wirst du dich wenigstens etwas erholen.«

Semion ging weiter, und der Fremde blieb nicht zurück. Ein Wind erhob sich, drang Semion unter das Hemd, und vor Frost verflog sein ganzer Rausch. Er atmete laut mit der Nase, hielt sich die Jacke vorne zu und dachte sich: »Da habe ich den Pelz! Ich bin fortgegangen, um einen Pelz zu kaufen, komme aber ohne Kaftan nach Hause und bringe noch einen Nackten heim. Matriona wird mich dafür nicht loben!« Und sobald ihm Matriona in den Sinn kam, wurde ihm ganz traurig zumute. Wenn er aber den Fremden ansah und daran dachte, wie ihn dieser hinter der Kapelle angeblickt hatte, freute sich sein Herz.

3.

Semions Frau war an diesem Abend mit ihrer Hausarbeit früher als sonst fertig geworden. Sie hatte Holz gehackt, Wasser vom Brunnen geholt, den Kindern zu essen gegeben und auch selbst gegessen. Nun überlegte sie sich, wann sie Brotteig bereiten sollte: heute oder erst morgen? Es war noch ein ziemlich großes Stück Brot übriggeblieben.

»Wenn Semion im Dorf zu Mittag gegessen hat«, dachte sie, »und zum Abendbrot nicht viel isst, wird das Brot auch noch für morgen langen.«

Matriona wendete das Brot hin und her und dachte: »Nein, ich will den Brotteig erst morgen bereiten. Das Mehl reicht ja auch nur noch für einmal. Bis Freitag müssen wir damit auskommen.«

Matriona legte das Brot fort und setzte sich an den Tisch, um das Hemd ihres Mannes zu flicken. Beim Nähen dachte sie an ihren Mann, wie er jetzt beim Gerber die Felle einkaufte.

»Dass ihn der Gerber nur nicht betrügt! Mein Mann ist ja so einfältig. Er selbst wird niemand betrügen, ihn kann aber auch ein kleines Kind anführen. Acht Rubel sind keine Kleinigkeit. Für dieses Geld kann man ja schon einen recht guten Pelz bekommen. Wenn auch einen aus ungegerbten Fellen, immerhin wird es ein Pelz. Im vergangenen Winter hatten wir es ja so schwer ohne Pelz! Wir konnten weder zum Fluss, noch sonst irgendwohin ausgehen. Wenn er ausgeht, zieht er alle unsere Sachen an, sodass ich nichts mehr anzuziehen habe. Er ist ja heute so früh fortgegangen, und es wäre Zeit, dass er heimkommt. Ob mein Männchen nicht irgendwo im Wirtshaus sitzt?«

Kaum hatte Matriona das gedacht, als die Stufen auf dem Flur knarrten und jemand ins Haus trat. Matriona steckte die Nadel in die Arbeit und ging ins Vorderhaus. Sie sah, dass zwei gekommen waren: ihr Mann und mit ihm ein unbekannter Bauer in Filzstiefeln und ohne Mütze.

Matriona merkte sofort, dass ihr Mann nach Schnaps roch. Sie sagte sich: »Ich habe also doch recht gehabt: er kommt wirklich aus dem Wirtshaus.« Und als sie sah, dass er ohne Kaftan war und nur ihre Jacke anhatte, dass er mit leeren Händen kam, kein Wort sagte und verlegen dreinschaute, stand ihr das Herz still. Sie dachte: »Er hat das Geld mit irgendeinem Strolch vertrunken und bringt jetzt den Kumpan auch noch mit.«

Matriona ließ die beiden in die Stube eintreten und kam auch selbst mit herein. Sie sah einen fremden, jungen, hageren Mann, mit dem Kaftan ihres Mannes bekleidet. Unter dem Kaftan sah man kein Hemd, auch hatte er keine Mütze auf dem Kopf. Als er in die Stube kam, blieb er vor der Schwelle unbeweglich stehen und hob nicht einmal seine Augen. Matriona dachte: »Es ist wohl kein guter Mensch, denn er ist so scheu.«

Matriona runzelte die Stirn, ging zum Ofen und wartete, was die beiden wohl anfangen würden.

Semion nahm seine Mütze ab und setzte sich auf die Bank, als ob alles in bester Ordnung wäre.

»Nun, Matriona, wirst du uns vielleicht das Abendbrot geben?«

Matriona brummte sich etwas unter die Nase. Sie stand unbeweglich vor dem Ofen und blickte kopfschüttelnd bald den einen und bald den andern an. Als Semion sah, dass seine Alte schlechter Laune war, stellte er sich so, als ob er es gar nicht merkte. Er nahm den Fremden bei der Hand und sagte:

»Setz dich doch, Bruder, wir wollen essen.«

Der Fremde setzte sich auf die Bank.

»Hast du denn heute nichts gekocht?«

Matriona wurde böse.

»Gekocht habe ich schon, doch nicht für dich. Wie ich sehe, hast du auch deinen Verstand vertrunken. Nach einem Pelz bist du gegangen, und ohne Kaftan kommst du zurück; bringst auch noch einen nackten Strolch mit nach Hause. Ich habe kein Abendbrot für euch, ihr Trunkenbolde.«

»Lass gut sein, Matriona, schwatze kein dummes Zeug! Frage doch zuerst, wer der Mann ist ...«

»Sage du, wo hast du das Geld hingetan?«

Semion holte aus dem Kaftan den Schein und zeigte ihn seiner Frau.

»Hier ist das Geld; Trifonow hat seine Schuld nicht bezahlt, hat versprochen, morgen zu bezahlen.«

Matriona kam ganz außer Fassung: den Pelz hatte er nicht gekauft, den letzten Kaftan einem Nackten gegeben und diesen mit ins Haus gebracht.

Sie nahm den Schein vom Tisch, verwahrte ihn wieder in der Truhe und sagte:

»Ich habe kein Abendbrot. Alle nackten Trunkenbolde kann ich nicht satt machen.«

»Ach, Matriona, halte doch deine Zunge im Zaum und höre, was man dir sagt.«

»Von einem betrunkenen Narren bekomme ich doch nichts Gescheites zu hören! Nicht umsonst habe ich dich Trunkenbold nicht heiraten wollen; Mütterchen gab mir Leinwand in die Ehe, und du hast sie vertrunken; nun bist du ins Dorf gegangen, um einen Pelz zu kaufen, und hast das ganze Geld vertrunken.«

Semion wollte seiner Frau erklären, dass er nur zwanzig Kopeken vertrunken habe, er wollte ihr sagen, wo er den Mann gefunden habe. Matriona ließ ihn aber nicht zu Wort kommen und redete so viel und so schnell, dass es schien, sie spreche immer zwei Worte auf einmal aus. Selbst von Dingen, die zehn Jahre zurücklagen, fing sie an zu reden.

Während sie so sprach, sprang sie auf Semion zu und packte ihn am Ärmel.

»Gib mir mal meine Jacke her; ich habe nur die eine, und auch die hast du mir weggenommen. Gib die Jacke her, du Hund, dass dich der Schlag treffe!«

Semion zog die Jacke aus, drehte aber dabei einen Ärmel um. Matriona zerrte am anderen Ärmel, dass die Nähte krachten. Sie nahm die Jacke, warf sie sich über den Kopf und ergriff die Türklinke. Sie wollte weglaufen, blieb aber plötzlich stehen: sie war sehr aufgebracht und wollte ihrem Ärger Luft machen; zugleich wollte sie aber gar zu gerne wissen, wer der Mensch war.

4.

Matriona blieb vor der Tür stehen und sagte: »Wenn es ein guter Mensch wäre, würde er nicht so nackt herumlaufen; er hat aber nicht einmal ein Hemd an! Wenn dein Gewissen rein wäre, würdest du mir sagen, wo du diesen Fant aufgegabelt hast.«

»Das will ich dir eben sagen. Wie ich an der Kapelle vorbeigehe, sitzt er nackt auf der Erde und scheint erfroren. Jetzt ist ja nicht

Sommer, dass man nackt herumlaufen könnte. Gott hat mich zu ihm gebracht, sonst wäre er wohl umgekommen. Was sollte ich denn tun? Es kommen ja so verschiedene Dinge in der Welt vor. Ich habe ihn also bekleidet und hergebracht. Bezähme dein Herz, Matriona, sündige nicht! Wir werden ja alle einmal sterben.«

Matriona wollte weiter schimpfen. Als sie aber den Fremden ansah, musste sie verstummen. Der Fremde saß unbeweglich am äußersten Ende der Bank, die Hände auf den Knien, den Kopf gesenkt; er hielt die Augen geschlossen und verzog das Gesicht, als ob ihn etwas würgte. Matriona schwieg, und Semion sagte:

»Matriona, ist denn kein Gott in dir?«

Als Matriona dieses Wort hörte und den Fremden noch einmal anblickte, war ihr Zorn auf einmal verschwunden. Sie ging von der Tür zum Ofen und holte das Abendbrot hervor. Sie stellte eine Schüssel auf den Tisch, goss Kwaß hinein und brachte den letzten Brotrest. Sie reichte ein Messer und zwei Löffel.

»Nun, esst doch!«

Semion schob den Fremden näher an den Tisch heran, schnitt das Brot, brockte es in die Schüssel, und sie begannen zu essen. Matriona setzte sich an die Tischecke, stützte den Kopf in eine Hand und blickte auf den Fremden.

Und sie fühlte Mitleid mit dem Fremden, denn sie hatte ihn gleich liebgewonnen. Plötzlich erheiterte sich das Gesicht des Fremden, seine Stirn glättete sich, er hob die Augen und lächelte Matriona zu.

Als sie gegessen hatten, räumte Matriona das Geschirr weg und begann den Fremden auszufragen:

»Was für ein Landsmann bist du?«

»Ich bin nicht von hier.«

»Wie bist du auf die Straße geraten?«

»Das darf ich nicht sagen.«

»Wer hat dich ausgeraubt?«

»Gott hat mich gestraft.«

»Bist du wirklich so nackt auf der Straße gelegen?«

»Ja, so nackt, und wäre beinahe erfroren. Als mich aber Semion sah, hatte er Mitleid mit mir; er zog mir seinen Kaftan an und nahm mich mit. Hier aber hast du mir zu essen gegeben und dich meiner erbarmt. Gott wird euch dafür seine Gnade erweisen!«

Matriona stand auf, nahm das alte Hemd ihres Mannes, das sie vorhin geflickt hatte, von der Fensterbank und reichte es dem Fremden; sie fand auch eine Hose und gab sie ihm.

»Hier nimm die Sachen. Ich sehe ja, dass du nicht einmal ein Hemd anhast. Zieh dich an und lege dich hin, wo du willst: auf die Bank oder auf den Ofen.«

Der Fremde zog den Kaftan aus und Hemd und Hose an und legte sich auf die Bank. Matriona löschte das Licht aus, nahm den Kaftan und legte sich neben ihren Mann.

Matriona deckte sich mit einem Ende des Kaftans zu, konnte aber nicht einschlafen: sie musste immer an den Fremden denken. Wenn sie daran dachte, dass er das letzte Stück Brot gegessen hatte und sie für morgen kein Brot mehr übrig hatten, dass sie ihm das Hemd und die Hose geschenkt hatte, wurde es ihr traurig zumute; wenn sie aber an sein Lächeln dachte, hüpfte ihr Herz vor Freude.

Matriona konnte lange nicht einschlafen. Als sie merkte, dass auch Semion nicht schlief und den Kaftan zu sich hinüberzog, rief sie ihn an:

»Semion!«

»He?«

»Wir haben unser letztes Brot gegessen, und ich habe kein neues bereitet. Ich weiß gar nicht, was wir morgen tun sollen. Vielleicht wird mir Gevatterin Malanja welches geben.«

»Wenn wir leben werden, werden wir auch satt sein.«

Das Weib lag eine Zeitlang still, dann begann sie wieder:

»Der Mensch gefällt mir nicht schlecht; es ist aber sonderbar, dass er uns nichts sagen will.«

»Wahrscheinlich darf er nichts sagen.«

»Semion!«

»He?«

»Wir geben den anderen, warum gibt uns aber niemand?« Darauf konnte Semion nichts erwidern. Er sagte nur: »Lass das Geschwätz«, drehte sich um und schlief ein.

5.

Als Semion am anderen Morgen erwachte, schliefen die Kinder noch; die Frau war zu den Nachbarn gegangen, um Brot zu leihen. Der Fremde von gestern saß in der alten Hose und im Hemd auf der Bank und blickte zur Decke. Sein Gesicht schien heiterer als gestern.

Semion sagte: »Ja, mein Lieber; der Magen verlangt Brot, und der nackte Leib verlangt Kleidung. Man muss sich doch irgendwie ernähren. Kannst du arbeiten?«

»Ich kann nichts.«

Semion wunderte sich und sagte:

»Wenn du nur wolltest. Ein Mensch kann alles lernen.«

»Wenn die Menschen arbeiten, so werde ich auch arbeiten.«

»Wie heißt du?«

»Michailo.«

»Wenn du mir nichts über dich sagen willst, Michailo, so ist es eben deine Sache. Jedenfalls musst du dich irgendwie ernähren. Wenn du für mich arbeiten willst, werde ich dich bei mir behalten.«

»Gott lohne dir's! Ich will gerne bei dir in der Lehre bleiben. Zeige mir, was ich tun soll.«

Semion nahm einen Pechdraht, wickelte ihn sich um die Finger und machte einen Knoten.

»Es ist nicht schwer, schau nur zu ...«

Michailo sah zu, wickelte sich einen Pechdraht um die Finger und machte gleichfalls einen Knoten.

Dann zeigte ihm Semion, wie man zwei Enden vom Pechdraht miteinander verbindet. Auch das begriff Michailo sofort. Der Schuster zeigte ihm noch, wie man Schweinsborsten eindreht und wie man absteppt. Michailo zeigte sich in allen Dingen sehr gelehrig.

Was für eine Arbeit Semion ihm auch zeigte, alles begriff er sofort. Am dritten Tag arbeitete er schon so geschickt, als ob er sein Lebtag Stiefel genäht hätte. Er arbeitete viel und aß wenig; wenn keine Arbeit da war, saß er schweigend auf der Bank und blickte nach oben. Er ging nie auf die Straße, sprach nie mehr als nötig war, scherzte und lachte nie.

Nur das eine Mal am ersten Abend, als die Frau das Essen auf den Tisch stellte, hatte man ihn lächeln gesehen.

6.

Ein Tag folgte dem anderen, eine Woche der anderen, und so verging ein ganzes Jahr. Michailo lebte noch immer bei Semion und arbeitete für ihn. Bald sagten alle Leute, dass es weit und breit keinen besseren Schuhmacher gebe als Semions neuen Gesellen; niemand könne so saubere und so dauerhafte Arbeit liefern. Aus der ganzen Gegend kamen die Leute zu Semion, um sich bei ihm Stiefel machen zu lassen, und so erwarb der Schuster einiges Vermögen.

Einmal im Winter saßen Semion und Michailo am Fenster und arbeiteten; plötzlich hörten sie Schellengeläute und sahen eine Troika vor dem Haus halten. Ein Bursche sprang vom Bock und öffnete den Schlag. Aus dem Wagen stieg ein vornehmer Herr in teurem Pelz. Er ging auf Semions Haus zu und trat in den Flur. Matriona sprang heraus und riss vor ihm die Tür auf. Der Herr bückte sich, trat in die Stube, und als er sich aufrichtete, berührte sein Kopf beinahe die Decke; und so dick war er, dass er eine ganze Ecke einnahm.

Semion stand auf, verbeugte sich und wunderte sich sehr über den Herrn. Er hatte noch nie solch einen Menschen gesehen.

Semion war mager, auch Michailo war mager, Matriona war aber so dürr wie ein Span; dieser Mensch schien aus einer anderen Welt zu kommen: Sein Gesicht war rot und gebläht, der Hals wie bei einem Stier, und er schien aus einem Stück Eisen gegossen.

Der Herr verschnaufte sich, zog den Pelz aus, setzte sich auf die Bank und sagte:

»Wer ist hier Meister?«

Semion trat vor und sagte:

»Ich bin es, Euer Gnaden.«

Der Herr rief seinem Burschen:

»Fedka, bring das Leder her!«

Der Bursche brachte sofort ein Bündel. Der Herr nahm es aus seinen Händen, legte es auf den Tisch und sagte:

»Binde es auf!«

Der Bursche band es auf. Der Herr wies mit dem Finger auf das Leder und sagte zu Semion:

»Pass auf, Schuster, siehst du die Ware?«

»Ich sehe wohl, Euer Gnaden.«

»Verstehst du denn überhaupt, was das für eine Ware ist?«

Semion betastete das Leder und sagte:

»Die Ware ist gut.«

»Das will ich meinen! So eine Ware hast du Dummkopf wohl noch nie im Leben gesehen. Es ist ausländische Ware, zwanzig Rubel kostet das Stück.«

Semion erschrak und sagte:

»Wie sollte ich solch eine Ware gesehen haben?«

»Na also. Kannst du mir aus diesem Leder gut passende Stiefel nähen?«

»Ich kann es wohl, Euer Gnaden.«

Der Herr schrie ihn an:

»Das ist leicht gesagt. Begreifst du denn überhaupt, für wen du arbeitest und was es für ein Leder ist? Du sollst mir Stiefel nähen, die ein Jahr halten, ohne schief zu werden und ohne zu reißen. Wenn du es kannst, übernimm die Arbeit und schneide das Leder zu; und wenn du es nicht kannst, so rühre das Leder lieber gar nicht an. Ich will es dir gleich im Vorhinein sagen: wenn die Stiefel vor einem Jahr reißen oder schief werden, bringe ich dich ins Gefängnis; wenn sie aber weder schief werden noch reißen, zahle ich zehn Rubel für deine Arbeit.«

Semion war so erschrocken, dass er gar nicht wusste, was er darauf sagen sollte. Er blickte sich nach Michailo um, stieß ihn mit dem Ellbogen an und flüsterte:

»Soll ich die Arbeit nehmen?«

Michailo nickte nur: »Ja, nimm die Arbeit.«

Semion hörte auf den Rat und übernahm es, solche Stiefel zu nähen, die ein Jahr lang halten und weder reißen noch schief werden.

Der Herr rief wieder seinen Burschen herbei und befahl ihm, den Stiefel vom linken Fuß abzuziehen. Er streckte das Bein vor und sagte: »Nimm Maß!«

Semion heftete einen Papierstreifen, zehn Werschok lang, zusammen, glättete ihn mit den Fingern, kniete vor dem Herrn nieder, wischte sich die Hand sorgfältig an der Schürze ab, um den Strumpf des Herrn nicht zu beschmutzen, und begann Maß zu nehmen. Er maß die Sohle, er maß den Rist, und als er den Umfang der Wade messen wollte, war der Papierstreifen zu kurz. Das Bein war an der Wade so dick wie ein Balken. Der Herr warnte ihn noch: »Pass auf, dass der Schaft nicht zu eng wird!« Semion heftete einen neuen Streifen an. Der Herr saß auf der Bank, bewegte die Zehen im Strumpf und musterte die Anwesenden. Als er Michailo erblickte, fragte er:

»Wer ist denn der?«

»Das ist mein Geselle, der die Stiefel nähen wird.«

»Pass auf«, wandte sich der Herr zu Michailo, »sieh zu, dass die Stiefel ein Jahr lang halten.«

Auch Semion blickte Michailo an: dieser sah gar nicht auf den Herrn, sondern starrte in die Ecke hinter dem Herrn, als ob er dort jemand sehe. Michailo sah lange unverwandt in die Ecke und plötzlich lächelte er, wobei sein Gesicht ganz licht wurde.

»Was lachst du, Dummkopf? Pass lieber auf, dass die Stiefel zur Zeit fertig werden.«

Michailo erwiderte:

»Sie werden just zur richtigen Zeit fertig.«

»Na also!«

Der Herr zog den Stiefel wieder an, hüllte sich in den Pelz und ging zur Tür. Er vergaß aber, sich zu bücken, und stieß mit dem Kopf gegen den Querpfosten.

Der Herr schimpfte, rieb sich den Kopf, setzte sich in den Wagen und fuhr fort.

Als er fortgefahren war, sagte Semion:

»Der hat aber einen harten Schädel! Den Pfosten hat er beinahe zerbrochen, es scheint ihm aber nichts zu machen.«

Und Matriona sagte:

»Wenn einer so gut lebt wie der Herr, muss er auch gesund sein und manches aushalten können. So einem eisernen Menschen kann auch der Tod nichts antun.«

7.

Und Semion sagte zu Michailo:

»Wir haben die Arbeit genommen und müssen jetzt sehen, dass wir durch sie nicht ins Unglück geraten. Das Leder ist teuer, und der Herr ist böse. Dass wir es ihm nur recht machen! Du hast ja schärfere Augen und auch geschicktere Hände: hier hast du das Maß, schneide das Leder zu; ich werde indes die andere Arbeit fertig nähen.«

Michailo gehorchte; er nahm das Leder, das der Herr gebracht hatte, legte es doppelt zusammen, breitete es auf dem Tisch aus, nahm das Messer und begann zuzuschneiden.

Matriona kam hinzu. Sie sah, wie Michailo arbeitete, und wunderte sich über seine Arbeit. Sie verstand etwas vom Schuster-Handwerk und merkte, dass Michailo das Leder nicht zu Schaftstiefeln, sondern zu leichten Schuhen zuschnitt.

Matriona wollte den Gesellen fragen, was er denn mache; doch sie dachte sich: »Ich habe wohl nicht richtig verstanden, was für Stiefel der Herr haben wollte. Michailo wird es besser wissen. Ich will mich nur lieber nicht einmischen.«

Nachdem Michailo das Leder zugeschnitten, nahm er einen Pechdraht und begann zu nähen. Er nahm aber den Draht nicht doppelt, wie man es bei Stiefeln tut, sondern einfach, wie man Pantoffeln näht.

Wieder wunderte sich Matriona, mischte sich aber nicht ein. Michailo nähte immer weiter. Als es Zeit war, zu Mittag zu essen, stand Semion von seiner Bank auf und sah, dass Michailo aus dem teuren Leder ein Paar leichte Schuhe genäht hatte.

Semion war außer sich. »Wie kommt es«, fragte er sich, »dass Michailo, der sich während der ganzen Zeit noch nie irrte, plötzlich solches Unheil anrichtet? Der Herr hat Randstiefel mit hohen Schäften bestellt, er aber hat Pantoffeln ohne Absätze gemacht und das ganze Leder verschnitten. Wie stehe ich jetzt da? Solches Leder werde ich wohl nirgends auftreiben können.«

Und er sagte zu Michailo:

»Was hast du angestellt, mein Lieber? Du bringst mich um! Der Herr hat Stiefel bestellt, und was hast du da genäht?«

Kaum hatte er mit seinen Vorwürfen begonnen, als jemand mit dem Ring vor der Tür klopfte. Sie blickten zum Fenster hinaus und sahen, dass ein Berittener vor dem Haus hielt und sein Pferd draußen anband. Sie öffneten die Tür: der Bursche des Herrn trat in die Stube.

»Grüß Gott!«

»Grüß Gott! Was willst du?«

»Mich schickt die gnädige Frau der Stiefel wegen.«

»Was ist denn mit den Stiefeln?«

»Ja, der Herr braucht eben keine Stiefel mehr. Der Herr ist verschieden.«

»Was sagst du da?«

»Wie er von euch nach Hause fuhr, ist er unterwegs im Wagen gestorben. Als der Wagen vor dem Haus hielt und man ihm heraushelfen wollte, fiel er um wie ein Sack, Er war schon ganz erstarrt, mit Mühe und Not zogen wir ihn aus dem Wagen heraus. Nun hat mich die Frau hergeschickt: ›Sag dem Schuster, dass der Herr, der vorhin da war und sein Leder zurückgelassen hat, die Stiefel nicht mehr braucht; statt der Stiefel soll er schnell ein Paar Leichenschuhe nähen. Warte, bis die Schuhe fertig sind, und bringe sie gleich mit.‹ Darum bin ich hergekommen.«

Michails nahm die Lederreste vom Tisch, rollte sie zusammen, nahm auch die fertigen Leichenschuhe in die Hand, schlug einen an den anderen, wischte sie mit der Schürze ab und reichte sie dem Burschen. Der Bursche nahm die Schuhe und sagte:

»Lebt wohl, Meister und Meisterin! Guten Tag!«

8.

So verging das zweite Jahr und das dritte Jahr; sechs Jahre wohnte Michailo bereits bei Semion. Seine Lebensweise war dieselbe geblieben. Er ging nie aus, sprach kein unnützes Wort und hatte während der ganzen Zeit nur zweimal gelächelt: das eine Mal, als ihm Matriona das Abendbrot reichte, und das zweite Mal, als er den Herrn sah. Semion war mit seinem Gesellen immer zufrieden. Er fragte ihn auch nie mehr, woher er stamme; er fürchtete nur das eine, dass Michailo ihn verlassen möchte.

Einmal saßen sie alle zu Hause. Die Meisterin machte sich am Herd zu schaffen, die Kinder sprangen auf den Bänken herum und blickten zu den Fenstern hinaus. Semion nähte vor dem einen Fenster, Michailo nagelte vor dem anderen Fenster an einem Absatz.

Ein Junge lief zu Michailo heran, lehnte sich an seine Schulter und sah zum Fenster hinaus.

»Onkel Michailo, sieh mal hin: Die Kaufmannsfrau mit den Mädchen will wohl zu uns? Eines der Mädchen hinkt.«

Als der Junge dies gesagt hatte, ließ Michailo seine Arbeit liegen, wandte sich zum Fenster und blickte auf die Straße.

Darüber wunderte sich Semion. Michailo hatte ja noch nie auf die Straße geschaut, jetzt sah er aber unverwandt zum Fenster hinaus und konnte sich gar nicht satt sehen. Auch Semion sah hinaus: auf sein Haus ging wirklich eine sauber gekleidete Frau zu und führte an jeder Hand ein kleines Mädchen. Die Mädchen trugen Pelzmäntel und bunt gemusterte Kopftücher und sahen einander so ähnlich, dass man sie kaum voneinander unterscheiden konnte. Nur war bei einem der Mädchen der linke Fuß verkrüppelt, und das Kind hinkte.

Die Frau kam in den Hausflur und fand tastend die Türklinke. Sie ließ zuerst die beiden Mädchen eintreten und kam dann selbst in die Stube.

»Grüß Gott, Meister und Meisterin!«

»Willkommen! Womit kann ich dienen?«

Die Frau setzte sich an den Tisch, und die Mädchen schmiegten sich an ihre Knie: sie schienen etwas menschenscheu.

»Ich will meinen Mädchen zum Frühjahr Lederschuhe machen lassen.«

»Das kann ich wohl machen. Wir haben zwar für so kleine Kinder noch nie gearbeitet, werden es aber fertigbringen. Man kann den Kindern Randschuhe nähen, oder auch umgewendete Schuhe mit Leinenfutter. Mein Geselle Michailo ist ein tüchtiger Arbeiter.«

Semion blickte sich nach Michailo um und sah, dass dieser seine Arbeit liegen gelassen hatte und unverwandt auf die Mädchen starrte.

Auch darüber war Semion sehr erstaunt. Die Mädchen waren allerdings nett: schwarzäugig, rotbackig, rund, und schön gekleidet; und doch konnte Semion nicht begreifen, warum Michailo sie so anstarrte, als ob er sie von früher her kenne.

Semion schüttelte vor Erstaunen den Kopf und begann mit der Frau über den Preis zu unterhandeln. Nachdem sie handelseinig geworden waren, faltete er einen Papierstreifen zum Maßnehmen. Die Frau hob das lahme Mädchen auf den Schoß und sagte:

»Bei ihr musst du von jedem Fuß ein eigenes Maß nehmen. Für das lahme Füßchen nähe einen Schuh und für das gesunde drei Schuhe. Beide Mädchen haben ganz gleiche Füße: sie sind Zwillinge.«

Semion nahm Maß und fragte, indem er das lahme Kind anblickte:

»Wie kommt das Kind zu einem solchen Fuß? Das Mädchen ist ja so hübsch. Hat sie das von Geburt?«

»Nein, die Mutter hat ihr das Füßchen eingedrückt.«

Matriona mischte sich ein: sie wollte gar zu gerne wissen, wer die Frau sei und wem die Kinder gehörten.

»Bist du denn nicht ihre Mutter?«

»Nein, Meisterin, ich bin nicht ihre Mutter und nicht einmal ihre Verwandte; es sind fremde Kinder, die ich an Kindes statt angenommen habe.«

»Fremde Kinder, und du bemutterst sie so?«

»Wie sollte ich sie nicht bemuttern? An meiner Brust habe ich die beiden großgezogen. Ich hatte wohl auch ein eigenes Kind, doch Gott hat es mir genommen. Ich habe aber das eigene Kind nicht so lieb gehabt, wie ich diese liebe.«

»Wessen Kinder sind es denn?«

9.

Die Frau wurde gesprächig und erzählte:

»Es war vor sechs Jahren. In einer Woche haben die Kinder beide Eltern verloren: den Vater hatte man am Dienstag begraben, und die Mutter starb gleich am Freitag. Der Vater starb drei Tage vor der Geburt der Kinder, die Mutter kaum einen Tag nach der Geburt. In jener Zeit lebte ich mit meinem Mann im Dorf, und die Leute waren unsere nächsten Nachbarn. Der Vater der Kinder arbeitete im Wald. Ein Baum fiel auf ihn, quer über seinen Körper und traf ihn mit solcher Wucht, dass ihm die Eingeweide heraustraten. Kaum hatte man ihn nach Hause gebracht, als er seinen Geist aufgab. Die Bäuerin gebar aber in der gleichen Woche Zwillinge, eben diese beiden Mädchen. Die Leute lebten arm und einsam, und die Frau war ganz allein im Haus, hatte weder eine Alte noch ein Mädchen.

Sie war allein, als sie die Kinder zur Welt brachte, und allein, als sie starb.

Als ich am nächsten Morgen zu ihr kam, um nach ihr zu sehen, war die Arme schon erstarrt. Im Todeskampf hat sie einem der Mädchen – dem da – das Füßchen eingedrückt und verrenkt. Die Bauern kamen ins Haus, wuschen und bekleideten die Leiche, zimmerten einen Sarg und beerdigten die Frau. Alles machten die guten Leute. Die Mädchen waren nun allein auf der Welt. Was sollte man mit ihnen anfangen? Ich war die einzige Frau im Dorf, die um jene Zeit ein Kind stillte. Mein Erstgeborener war damals acht Wochen alt. Ich nahm also die Mädchen vorläufig zu mir. Die Bauern hielten Rat, was man mit den Kindern anfangen sollte; sie sagten mir: ›Behalte die Kinder vorläufig bei dir, Maria, wir werden uns inzwischen überlegen, wie man sie unterbringen kann …‹ Ich reichte die Brust zuerst dem unversehrten Kind, denn ich dachte mir, dass es sich gar nicht verlohne, das erdrückte Kind zu stillen; es werde ja sowieso sterben. Dann aber tat es mir doch leid; wofür sollte die unschuldige Seele leiden? Ich stillte also beide Mädchen; und so gelang es mir, alle drei Kinder – meinen Jungen und die Zwillinge – aufzuziehen. Ich war um jene Zeit jung und kräftig und hatte genug zu essen. Auch gab mir Gott so viel Milch, dass sie überfloss. Ich stillte immer zwei zugleich, und das dritte musste warten. Wenn eines genug hatte, legte ich das dritte an die Brust. Doch Gott gefiel es, dass ich die beiden fremden Kinder großzog und mein eigenes Kind, als es zwei Jahre alt war, begrub. Mehr Kinder gab mir Gott nicht. Wir sind inzwischen wohlhabend geworden und wohnen jetzt hier in der Mühle, die dem Kaufmann gehört. Mein Mann bekommt ein großes Gehalt, und wir leben ohne Sorgen. Eigene Kinder haben wir nicht. Wie einsam wäre doch mein Leben, wenn ich diese Kinder nicht hätte! Wie sollte ich sie nicht lieben! Ich habe ja nur sie: sie sind das Wachs meiner Lebenskerze.«

Die Frau umarmte das hinkende Kind mit der einen Hand und wischte sich mit der anderen die Tränen von den Augen. Und Matriona seufzte und sagte:

»Recht hat das Sprichwort: Ohne Vater und Mutter können Kinder leben, ohne Gott aber nicht.«

So redeten sie untereinander, da ging plötzlich ein Schein wie Wetterleuchten von der Ecke aus, wo Michailo saß, und erhellte das ganze Zimmer. Alle sahen sich nach Michailo um: er saß still auf seiner Bank, die Hände auf den Knien gefaltet, blickte nach oben und lächelte.

10.

Die Frau mit den Kindern war fortgegangen, da stand auch Michailo auf, legte die Arbeit weg, nahm die Arbeitsschürze ab, verbeugte sich vor dem Meister und der Meisterin und sprach:

»Verzeiht mir, Meister und Meisterin. Gott hat mir verziehen, verzeiht auch ihr.«

Und die Schustersleute sahen, dass von Michailo ein Licht ausging. Semion verneigte sich vor ihm und sagte:

»Ich sehe, Michailo, dass du kein gewöhnlicher Mensch bist. Ich darf dich nicht zurückhalten und darf dich nach nichts fragen. Sage mir aber nur das eine: Warum warst du, als ich dich fand und nach Hause brachte, düster, und als dir Matriona das Essen reichte, lächeltest du und wurdest von nun an lichter? Als der Herr die Stiefel bestellte, lächeltest du zum zweiten Mal und wurdest noch lichter; und jetzt, als die Frau mit den Mädchen kam, lächeltest du zum dritten Mal und wurdest ganz licht! Sage mir, Michailo, warum geht von dir dieses Licht aus, und warum lächeltest du dreimal?«

Und Michailo erwiderte:

»Das Licht geht von mir aus, weil Gott mich früher strafte und mir jetzt verziehen hat. Ich lächelte dreimal, weil ich drei Worte Gottes erfassen musste. Diese Worte Gottes habe ich nun begriffen; das erste Wort begriff ich, als deine Frau sich meiner erbarmte; da lächelte ich zum ersten Mal. Das andere Wort erkannte ich, als der Reiche die Stiefel bestellte; da lächelte ich zum anderen Mal. Und jetzt, als ich die Mädchen sah, begriff ich das dritte und letzte Wort Gottes und lächelte zum dritten Mal.«

Und Semion sagte:

»Sage mir, Michailo, wofür hat dich Gott gestraft, und wie lauten jene Worte Gottes, damit auch ich sie kenne.«

Und Michailo antwortete:

»Gott strafte mich, weil ich ungehorsam war. Ich war ein Engel im Himmel und habe einen Befehl Gottes nicht befolgt.

Ich war ein Engel im Himmel, und Gott hatte mich auf die Erde geschickt, die Seele einer Frau zu holen. Ich flog zur Erde herab und sah die Frau krank auf ihrem Lager liegen; sie hatte eben Zwillinge, zwei Mädchen, zur Welt gebracht. Die Kinder regten sich neben der

Mutter, und die Mutter war so schwach, dass sie sie nicht an die Brust legen konnte. Als die Frau mich sah, begriff sie, dass Gott mich gesandt hatte, um ihre Seele zu holen. Da weinte sie und sprach: ›Engel Gottes! Meinen Mann hat man eben begraben, ihn erschlug ein Baum im Wald. Ich habe weder Schwester noch Muhme noch Großmutter; ich habe niemand, der meine Kinder großziehen könnte. Lass mir meine Seele, damit ich meine Kinder ernähre und großziehe. Ohne Vater und ohne Mutter können sie nicht leben. Ich hörte auf die Mutter und legte ihr das eine Kind an die Brust, gab ihr das andere in die Arme und flog hinauf zu Gott. Ich kam zu Gott und sagte: ›Ich kann der Mutter die Seele nicht nehmen. Den Vater erschlug ein Baum, die Mutter gebar Zwillinge und fleht, dass ich ihr die Seele lasse. Sie sagt: Lass mich meine Kinder großziehen. Ohne Vater und Mutter können sie nicht leben. Und so habe ich der Mutter ihre Seele gelassen.‹ Und der Herr sagte zu mir: ›Geh, hole die Seele! Du wirst drei Worte begreifen: du wirst begreifen, was in den Menschen ist, und was den Menschen nicht gegeben ist, und wovon die Menschen leben. Wenn du dies begriffen hast, darfst du in den Himmel zurückkehren.‹ Ich flog auf die Erde zurück und nahm der Mutter die Seele.

Die Kinder fielen ihr von den Brüsten. Der Leichnam drückte dem einen Mädchen ein Beinchen ein, und so wurde es lahm. Ich erhob mich über dem Dorf, um die Seele zu Gott zu tragen; mich ergriff aber ein Sturmwind, meine Flügel fielen ab, die Seele flog allein zu Gott empor, und ich fiel an der Landstraße auf die Erde.«

11.

Nun begriffen Semion und Matriona, wen sie gekleidet und ernährt hatten und wer bei ihnen gewohnt hatte; und sie weinten vor Angst und vor Freuden. Und der Engel sprach:

»Ich blieb allein und nackt im Feld liegen. Ich wusste früher nichts von Menschennot, kannte weder Kälte noch Hunger; nun war ich plötzlich selbst Mensch geworden. Ich litt Hunger und Kälte und wusste nicht, was ich anfangen sollte. Ich sah im Feld eine Kapelle stehen, die die Menschen Gott zu Ehren gebaut hatten; ich ging zur Kapelle, um in ihr Zuflucht zu finden. Doch die Kapelle war verschlossen und ich konnte nicht hinein. Ich setzte mich hinter die Kapelle, um mich gegen den Wind zu schützen. Es war Abend geworden, ich war hungrig und vor Kälte beinahe erstarrt. Plötzlich sah ich einen Mann auf der Straße vorbeigehen; er trug ein Paar Filzstiefel in der Hand und redete mit sich selbst. Es war das erste sterbliche Menschenantlitz, das ich nach meiner Menschwerdung sah; das Gesicht kam mir so schrecklich vor, dass ich mich wegwandte. Und ich hörte, wie dieser Mann sich fragte, wie er seinen Leib vor dem Frost schützen, wie er sein Weib und seine Kinder ernähren solle. Da sagte ich mir: ›Ich leide Hunger und Kälte, dieser Mensch aber denkt nur daran, wie er einen Pelz für sich und seine Frau anschaffen und wie er sich ernähren soll. So ein Mensch kann mir sicher nicht helfen.‹ Als der Mann mich sah, wurde er finster und ging vorüber, und sein Gesicht erschien mir noch schrecklicher. Ich verzweifelte. Plötzlich hörte ich, dass der Mann zurückging. Ich blickte ihn an und konnte ihn nicht wiedererkennen: in seinem Gesicht war vorhin der Tod gewesen; jetzt war es lebendig, und ich erkannte darin Gott. Er kam zu mir heran, bekleidete mich, nahm mich mit und brachte mich in sein Haus. In seinem Haus trat uns ein Weib entgegen, und es begann zu reden. Das Weib war noch schrecklicher als der Mann. Aus ihrem Mund kam der Hauch des Todes, und er nahm mir den Atem. Sie wollte mich in den Frost hinausjagen, und ich wusste, dass sie sterben würde, wenn sie es täte. Da sprach der Mann zu ihr von Gott. Und das Weib war plötzlich verändert. Als sie uns das Abendbrot reichte und mich anblickte, sah ich, dass der Tod von ihrem Gesicht gewichen war; sie war lebendig, und ich erkannte in ihr Gott.

Da begriff ich das erste Wort Gottes: ›Du wirst erfahren, was in den Menschen ist.‹ Und ich erfuhr, dass in den Menschen die Liebe ist. So begann Gott mir zu eröffnen, was er mir versprochen; ich freute mich und lächelte zum ersten Mal. Doch ich wusste noch nicht alles: Ich konnte noch nicht begreifen, was den Menschen nicht gegeben ist und wovon die Menschen leben.

Ich blieb bei euch wohnen. Als ein Jahr vergangen war, kam ein Mann und bestellte Stiefel, die ein Jahr lang halten sollten, ohne zu reißen und ohne schief zu werden. Ich blickte ihn an und sah hinter seinem Rücken meinen Genossen, den Todesengel, stehen. Außer mir sah niemand den Engel; ich kannte ihn aber und wusste, dass er noch vor Sonnenuntergang die Seele des Reichen holen sollte. Und ich sagte mir: ›Der Mensch versorgt sich für ein Jahr und weiß nicht, dass er noch kaum bis zum Abend zu leben hat.‹ Da fiel mir das andere Wort Gottes ein: ›Du wirst begreifen, was den Menschen nicht gegeben ist.‹

Was in den Menschen ist, wusste ich schon. Jetzt erfuhr ich, was den Menschen nicht gegeben ist. Es ist den Menschen nicht gegeben, zu wissen, was sie für ihren Leib brauchen. Und ich lächelte zum zweiten Mal. Denn ich freute mich, dass ich meinen Genossen, den Engel, sah, und dass mir Gott auch das zweite Wort offenbarte.

Doch es war noch nicht alles. Ich konnte noch nicht begreifen, wovon die Menschen leben. Ich lebte immer in der Erwartung, wann Gott mir sein letztes Wort offenbaren werde. Im sechsten Jahr kam die Frau mit den Zwillingen; ich erkannte die Mädchen und erfuhr, wie sie am Leben geblieben waren. Als ich sie sah, sagte ich mir: ›Die Mutter hat mich um Gnade für die Kinder angefleht, und ich glaubte wie die Mutter, dass die Kinder ohne Vater und Mutter nicht leben könnten; doch eine fremde Frau hat sie ernährt und großgezogen.‹ Als die Frau so gerührt die fremden Kinder anblickte und weinte, sah ich in ihr den lebendigen Gott, und ich begriff, wovon die Menschen leben. Gott hatte mir das letzte Wort offenbart und mir verziehen. Und ich lächelte zum dritten Mal.«

12.

Und es fielen vom Körper des Engels die irdischen Hüllen ab, und er kleidete sich in Licht, sodass ein Menschenauge ihn nicht ansehen konnte. Und er sprach lauter, und seine Stimme schien vom Himmel zu tönen. Und der Engel sagte:

»Ich begriff, dass die Menschen nicht von der Sorge um sich selbst, sondern von der Liebe leben.

Es war der Mutter nicht gegeben, zu wissen, was ihre Kinder für ihr Leben brauchten. Es war dem Reichen nicht gegeben, zu wissen, was er selbst brauchte. Und es ist keinem Menschen gegeben, zu wissen, ob er zum Abend Stiefel oder Leichenschuhe braucht.

Als ich Mensch wurde, blieb ich am Leben, nicht weil ich um mich selbst sorgte, sondern weil im Mann, der mich auf der Straße traf, und in seinem Weib die Liebe war, und weil sie sich meiner erbarmten und mich liebgewannen. Die Waisen blieben am Leben, nicht weil man für sie sorgte, sondern weil im Herzen einer fremden Frau die Liebe war, weil sie sich ihrer erbarmte und sie liebgewann. Denn die Menschen leben nicht davon, dass sie für sich selbst sorgen, sondern dass in den Menschen die Liebe ist.

Ich wusste auch früher, dass Gott den Menschen das Leben gegeben hat, und dass er will, dass die Menschen leben; jetzt begriff ich noch etwas anderes.

Nun begriff ich noch dies: Gott wollte nicht, dass die Menschen jeder für sich leben, und darum eröffnete er ihnen nicht, was jeder für sich braucht; er wollte aber, dass sie in Gemeinschaft und Eintracht leben, und darum eröffnete er ihnen, was sie für sich und für alle brauchen.

Ich begriff: den Menschen scheint es nur so, als lebten sie von der Sorge um sich selbst; in Wahrheit leben sie nur von der Liebe. Wer in der Liebe bleibt, der bleibt in Gott und Gott in ihm, denn Gott ist die Liebe.«

Und der Engel sang das Lob des Höchsten, und von seiner Stimme erzitterte das Haus, und es spaltete sich die Decke, und eine Feuersäule erhob sich von der Erde bis zum Himmel. Und Semion, seine Frau und seine Kinder fielen nieder. Und der Engel breitete seine Flügel aus und fuhr gen Himmel.

Als Semion zu sich kam, stand das Haus wie vorher, in der Stube aber war niemand außer ihm und den Seinen.

Die drei Greise

Eine Volkssage von der Wolga

Und wenn ihr betet, sollt ihr nicht viel plappern wie die Heiden; denn sie meinen, sie werden erhört, wenn sie viel Worte machen.

Darum sollt ihr euch ihnen nicht gleichstellen, Euer Vater weiß, was ihr bedürft, ehe denn ihr ihn bittet.

(Matth. 6, 7–8.)

Ein Bischof fuhr einmal zu Schiff von Archangelsk zum Solowezker Kloster. Auf dem gleichen Schiff fuhren auch Pilger, die die Gräber der Heiligen im Kloster besuchen wollten. Der Wind war günstig, das Wetter heiter, das Meer still. Einige Pilger lagen auf dem Deck, andere frühstückten, andere wieder saßen in einzelnen Haufen und plauderten miteinander. Auch der Bischof kam auf das Deck und begann auf und ab zu gehen. Er kam aufs Vorderdeck und sah, dass sich dort ein Häuflein Menschen um ein Bäuerlein scharte. Das Bäuerlein zeigte mit der Hand aufs Meer und erzählte etwas, und das Volk hörte ihm zu. Der Bischof blieb stehen und sah in die Richtung, wohin das Bäuerlein zeigte. Er sah nichts als das Meer, das in der Sonne glitzerte. Der Bischof wollte hören, was der Mann erzählte, und kam näher. Als das Bäuerlein den Bischof sah, zog es die Mütze vom Kopf und hielt in seiner Erzählung inne. Auch die anderen erkannten den Bischof und nahmen ihre Mützen ab, um ihre Ehrfurcht zu bezeigen.

»Lasst euch nicht stören, Brüder«, sagte der Bischof. »Ich möchte auch gerne hören, was du, guter Mensch, erzählst.«

»Von den Greisen hat uns der Fischer erzählt«, sagte ein Kaufmann, der etwas kühner als die anderen war.

»Von welchen Greisen?«, fragte der Bischof, sich auf eine Kiste setzend, die am Rand stand. »Erzähle es auch mir, ich will gerne hören. Worauf hast du eben gezeigt?«

»Man sieht dort eine kleine Insel«, sagte das Bäuerlein und zeigte nach rechts. »Auf dieser Insel leben die Greise und suchen ihr Seelenheil.«

»Wo ist denn die Insel?«, fragte der Bischof.

»Belieben nur hinzusehen, wohin ich mit der Hand weise. Da ist eine Wolke, und links von ihr und tiefer kann man einen schmalen Streifen sehen.«

Der Bischof sah scharf hin, die See funkelte in der Sonne, und er konnte nichts erkennen: Er hatte wohl zu wenig Übung darin.

»Ich kann nichts sehen«, sagte er. »Was leben also für Greise auf der Insel?«

»Es sind Männer Gottes«, erwiderte das Bäuerlein. »Ich hatte schon oft von ihnen gehört, bekam sie aber lange Zeit nicht zu sehen. Erst im vorigen Sommer habe ich sie gesehen.«

Der Fischer erzählte, wie er einmal zum Fischen ausgezogen war, wie sein Boot zur Insel herangetrieben wurde und er gar nicht wusste, wo er sich befand. Am Morgen hatte er Umschau auf der Insel gehalten und war auf eine Erdhütte gestoßen. Vor der Hütte sah er einen Greis; später kamen noch zwei andere Greise heraus; sie gaben ihm zu essen und halfen ihm seine Kleider trocknen und das Boot ausbessern.

»Wie sehen sie denn aus?«, fragte der Bischof.

»Der eine ist klein und gebückt, trägt eine alte Kutte und ist wohl über hundert Jahre alt, denn sein grauer Bart ist vor Alter grün angelaufen; er lächelt aber immer und strahlt wie ein Engel vom Himmel. Der zweite ist etwas größer von Wuchs, auch sehr alt, trägt einen zerrissenen Kaftan, hat einen breiten gelblichen Bart und ist wohl sehr stark: er hat mein Boot umgewendet, als ob es ein leichter Trog wäre, so schnell, dass ich nicht Zeit hatte, ihm dabei zu helfen. Auch er strahlt vor stiller Freude. Der dritte ist groß gewachsen, sein langer silberweißer Bart reicht bis zu den Knien; sein Gesicht ist finster, und die Augenbrauen hängen auf die Augen herab; er trägt nur einen Schurz aus Bastgeflecht und ist sonst ganz nackt.«

»Was haben sie mit dir gesprochen?«, fragte der Bischof.

»Sie machten fast alles schweigend und sprachen auch miteinander sehr wenig. Wenn einer den anderen nur anblickt, so versteht ihn der andere sofort. Ich versuchte, den Großen auszufragen, ob sie schon lange auf der Insel wohnten. Er wurde finster, begann etwas zu murmeln und schien zornig; doch der Kleine nahm ihn bei der Hand und lächelte, und der Große wurde sofort still. Der Kleine sagte nur: ›Steh uns bei!‹ und lächelte.«

Während der Bauer erzählte, war das Schiff näher an die Insel herangekommen.

»Jetzt kann man sie ganz deutlich sehen«, sagte der Kaufmann. »Belieben Eminenz hinzusehen!« Er zeigte mit der Hand die Richtung.

Der Bischof sah gespannt hin. Er sah wirklich einen dunklen Streifen – eine kleine Insel. Dann ging er zum Hinterteil des Schiffes und fragte den Steuermann:

»Was ist es für eine Insel, die dort zu sehen ist?«

»Sie hat gar keinen Namen. Es gibt hier viele solche Inseln.«

»Ich habe eben gehört, dass dort Greise wohnen und ihr Seelenheil suchen; ist es wahr?«

»Man spricht davon, Eminenz; ich weiß aber nicht, ob es wahr ist. Fischer behaupten, sie gesehen zu haben. Es kommt auch vor, dass die Leute nur so schwatzen.«

»Ich möchte gern auf der Insel aussteigen und die Greise sehen«, sagte der Bischof. »Wie könnte man das machen?«

»Das Schiff kann nicht an die Insel heran«, entgegnete der Steuermann. »Mit einem Boot kann man wohl landen, ich müsste aber erst den Patron fragen.«

Man rief den Patron.

»Ich möchte gern die Greise sehen«, sagte der Bischof. »Kann man mich nicht mit einem Boot hinbringen?«

Der Patron riet davon ab.

»Machen lässt es sich schon, wir werden aber dabei viel Zeit verlieren; auch erlaube ich mir, Eurer Eminenz zu bemerken, dass es sich gar nicht lohnt, die Greise zu sehen. Ich habe gehört, dass es ganz blöde Greise sind, die nichts verstehen und nicht einmal sprechen können; sie sind wie die Fische des Meeres.«

»Ich will sie aber doch sehen«, entgegnete der Bischof. »Ich werde für die Mühe bezahlen und bitte, mich hinüberzufahren.«

Der Patron musste sich fügen. Die Schiffsleute setzten die Segel um, der Steuermann wendete das Schiff und steuerte auf die Insel zu. Man brachte dem Bischof einen Stuhl auf das Vorderdeck. Er setzte sich und spähte aus. Auch das ganze Volk versammelte sich auf dem Verdeck, um die Insel zu sehen. Wer schärfere Augen hatte, konnte bereits die Steine am Ufer sehen; andere zeigten auf die Erd-hütte. Einer behauptete sogar, die drei Greise zu sehen. Der Patron brachte ein Fernrohr, sah hindurch und reichte es dem Bischof.

»Es stimmt«, sagte er, »am Ufer, rechts vom großen Stein, stehen wirklich drei Menschen.«

Auch der Bischof richtete das Fernrohr und erblickte drei Männer: einen sehr großen, einen etwas kleineren und einen ganz kleinen; sie standen am Ufer und hielten sich an den Händen.

Der Patron trat an den Bischof heran und sagte: »Hier müssen wir das Schiff anhalten, Eminenz. Wenn Sie es wünschen, können Sie von hier mit dem Boot hinüberfahren; wir werden inzwischen vor Anker liegen.«

Sofort löste man das Tau, warf den Anker aus, holte die Segel ein – es gab einen Ruck, und das Schiff begann zu schwanken. Man ließ das Boot hinab, die Ruderer sprangen hinein, und der Bischof stieg an der Leiter hinunter. Er setzte sich auf die Bank, die Matrosen holten mit den Rudern aus und fuhren auf die Insel zu. Als das Boot in der Entfernung eines Steinwurfes von der Insel war, konnte man schon ganz deutlich sehen: drei Greise standen am Ufer; der eine groß, nackt, mit Bastgeflecht umgürtet; der zweite etwas kleiner, in zerrissenem Kaftan; der dritte uralt, gebückt, in einer abgetragenen Kutte; so standen sie alle drei am Ufer und hielten sich an den Händen.

Das Boot stieß ans Ufer, die Ruderer hakten den Bootshaken ein, und der Bischof stieg aus.

Die Greise verneigten sich vor ihm, er segnete sie, und sie verneig-ten sich vor ihm noch tiefer. Und der Bischof sprach zu ihnen:

»Ich habe gehört, dass ihr, Greise Gottes, hier euer Seelenheil sucht und für die Menschheit zum göttlichen Heiland betet; ich bin aber ein unwürdiger Knecht Gottes, durch seine Gnade berufen, seine Herde zu weiden; so wollte ich auch euch, Knechte Gottes, sehen und euch, wenn ich es kann, Belehrung erteilen.« Die Greise schwiegen, lächelten, blickten einander an.

»Sagt mir, wie ihr euer Seelenheil sucht, und wie ihr Gott dient!«, fragte der Bischof.

Der mittlere Greis seufzte auf und blickte den ältesten an; der größte runzelte die Stirn und blickte ebenfalls den ältesten an. Und der älteste lächelte und sagte:

»Wir verstehen nicht, Gott zu dienen, Knecht Gottes; wir dienen nur uns selber und sind nur um unser eigen Leben besorgt.«

»Wie betet ihr denn zu Gott?«, fragte der Bischof.

Und der Älteste sagte:

»Wir beten so: Ihr seid drei, wir sind drei, steh uns bei!«

Kaum hatte es der Älteste gesagt, als alle drei Greise die Augen gen Himmel hoben und wiederholten:

»Ihr seid drei, wir sind drei, steh uns bei!«

Der Bischof lächelte und sagte:

»Ihr habt wohl etwas von der heiligen Dreifaltigkeit gehört, versteht aber nicht, richtig zu beten. Ich habe an euch Gefallen gefunden, ihr Greise Gottes; ich sehe, dass ihr Gott dienen wollt, doch nicht wisst, wie man es tun muss. Nicht so muss man beten; hört aber auf mich, ich will es euch lehren. Ich werde euch nicht aus dem Eigenen lehren, sondern aus der Heiligen Schrift, wie Gott selbst den Menschen befohlen hat, dass sie zu ihm beten.«

Und der Bischof begann den Greisen auseinanderzusetzen, wie sich Gott den Menschen offenbart hat; er erzählte ihnen von Gott dem Vater, Gott dem Sohn und Gott dem Heiligen Geist und sagte:

»Gott der Sohn, der auf die Erde gekommen ist, um die Menschen zu erlösen, hat sie gelehrt, so zu beten. Hört mir zu und wiederholt die Worte!«

Und der Bischof sprach ihnen vor: »Vater unser«. Und der eine Greis wiederholte: »Vater unser«; und der zweite wiederholte: »Vater unser«; auch der dritte wiederholte: »Vater unser«. – »Der du bist im Himmel.« – Auch die Greise wiederholten: »Der du bist im Himmel«. Hier verwirrte sich aber der mittlere Greis und sprach diese Worte nicht richtig nach; auch der große nackte Greis stockte: der Bart wuchs ihm über den Mund, und er konnte nicht deutlich sprechen; auch der älteste zahnlose Greis lallte unverständlich.

Der Bischof sagte es ihnen noch einmal vor, und die Greise sprachen ihm die Worte nach. Der Bischof setzte sich auf einen Stein, die Greise stellten sich vor ihn, sahen ihm auf den Mund und sprachen nach, was er ihnen vorsagte. Den ganzen Tag bis zum Abend mühte sich der Bischof mit ihnen ab und wiederholte zehnmal, zwanzigmal, hundertmal das gleiche Wort, bis es die Greise richtig nachsprechen konnten. Sie machten immer Fehler, er verbesserte sie und ließ sie alles von Anfang an wiederholen.

Der Bischof blieb bei den Greisen, bis sie das ganze Gebet des Herrn auswendig wussten. Sie sprachen es ihm nach und konnten es schließlich auch selbst aufsagen. Zuerst hatte es der mittlere Greis begriffen und das Gebet allein aufgesagt. Der Bischof ließ ihn das Gebet noch einmal wiederholen, und noch einmal, und immer wieder, und die anderen mussten es ihm nachsprechen.

Es dämmerte bereits, und der Mond ging auf, als der Bischof sich vom Stein erhob, um aufs Schiff zurückzufahren. Er verabschiedete sich von den Greisen, und sie verneigten sich vor ihm bis zur Erde. Er half ihnen aufstehen, küsste einen jeden, gebot ihnen, so zu beten, wie er es gelehrt hatte, stieg ins Boot und fuhr zum Schiff.

Während sich der Bischof dem Schiff näherte, hörte er, wie die Greise dreistimmig das Vaterunser beteten. Als das Boot das Schiff erreichte, konnte er die Stimmen der Greise nicht mehr hören; er sah nur im Mondlicht drei Menschen auf der gleichen Stelle stehen: der kleinste in der Mitte, der große rechts und der mittlere links. Der Bischof stieg aufs Deck; man lichtete den Anker, zog die Segel auf, der Wind blähte die Segel, und das Schiff fuhr weiter. Der Bischof ging zum Steuer, setzte sich und richtete seinen Blick auf die Insel. Anfangs konnte er noch die Greise erkennen, dann entschwanden sie seinen Blicken, und er sah nur noch die Insel; dann verschwand auch die Insel, nur das Meer flimmerte im Mondlicht.

Die Pilger gingen alle zur Ruhe, und auf dem Schiff wurde es still. Der Bischof fand aber keinen Schlaf und blieb allein auf dem Deck sitzen. Er starrte auf das Meer, dorthin, wo die Insel verschwunden war, und dachte an die guten Greise. Er dachte daran, wie sie sich gefreut hatten, dass er sie das Gebet gelehrt, und er dankte Gott, dass er ihm die Gnade erwiesen und ihn zu den Greisen geführt hatte, um ihnen zu helfen und sie Gottes Wort zu lehren.

So sitzt der Bischof, sinnt und schaut aufs Meer, dorthin, wo die Insel verschwunden ist. Es flimmert ihm vor den Augen, das Mondlicht spielt auf den Wellen bald hier und bald dort. Plötzlich sieht er im Streifen des Mondlichtes etwas wie einen weißen Vogel schimmern; ist's eine Möwe oder ein Segel? Der Bischof sieht gespannt hin und sagt sich: »Es ist wohl ein Segelboot, das uns nachfährt. Es holt uns aber zu rasch ein. Eben noch war es fern, und jetzt ist es ganz nahe. Es ist wohl gar kein Boot; das Weiße sieht einem Segel gar nicht ähnlich. Es eilt uns aber nach und wird uns gleich einholen.«

Der Bischof kann gar nicht verstehen, was es ist: weder Boot, noch Vogel, noch Fisch. Einem Menschen sieht es nicht unähnlich, doch es ist zu groß; wie könnte auch ein Mensch mitten durchs Meer gehen? Der Bischof steht auf, geht zum Steuermann und sagt ihm:

»Sieh hin, Bruder, was ist das? Was ist das?«

Und während er es sagt, kann er schon selbst sehen: Die Greise kommen über die Wellen gelaufen, ihre grauen Bärte schimmern, und sie erreichen das Schiff so schnell, als ob es stillstehe. Der Steuermann blickte sich um, erschrak, ließ das Steuer aus den Händen und schrie mit lauter Stimme:

»Mein Gott! Die Greise laufen uns nach auf dem Meer wie auf dem Trockenen!«

Das Volk hörte es, alle sprangen auf und stürzten herbei. Alle sehen: Die Greise laufen dem Schiff nach, sie halten sich an den Händen; die beiden Greise rechts und links winken mit der Hand, damit das Schiff halte. Alle drei laufen auf den Wellen wie auf dem Trockenen, sie gleiten daher, ohne die Füße zu bewegen.

Das Schiff hielt noch nicht, als die Greise es erreichten und dicht vor Bord traten. Sie hoben die Köpfe und sagten wie aus einem Munde:

»Wir haben deine Lehre vergessen, Knecht Gottes! Solange wir die Worte wiederholten, wussten wir sie noch; als wir aber eine Stunde lang das Gebet nicht mehr aufgesagt hatten, vergaßen wir ein einziges Wort, und das ganze Gebet fiel auseinander. Wir haben alles vergessen, lehre es uns wieder!«

Der Bischof schlug ein Kreuz, beugte sich über Bord zu den Greisen und sagte:

»Auch euer Gebet findet bei Gott Wohlgefallen, ihr Greise Gottes. Ich bin nicht berufen, euch zu lehren. Betet für uns Sünder!«

Und der Bischof verbeugte sich tief vor den Greisen. Und die Greise hielten in ihrem Lauf inne, kehrten um und eilten zurück, auf den Wellen gleitend. Bis zum Morgen sah man noch einen Lichtschein an jener Stelle, wo die Greise entschwunden waren.

Leinwandmesser

Die Geschichte eines Pferdes

1.

Immer höher und höher schien sich der Himmel zu heben, immer weiter breitete sich die Morgenröte aus, immer weißer wurde der matte Silberschimmer des Taus, immer glanzloser die Mondsichel, immer vernehmlicher das leise Rauschen des Waldes ... Die Menschen begannen, sich vom Lager zu erheben, und im herrschaftlichen Gestüt hörte man immer häufiger Schnauben, Herumstampfen im Stroh und sogar zorniges, kreischendes Wiehern der Pferde, die sich zusammendrängten und um etwas stritten.

»Na, na! Immer Geduld! Seid wohl hungrig geworden?«, sagte der alte Pferdehüter, indem er rasch das knarrende Tor öffnete. »Wohin?«, schrie er und scheuchte eine Stute, die sich durch das Tor drängen wollte, mit dem ausgestreckten Arm zurück.

Der Pferdehüter Nestor trug einen Kosakenrock und um den Leib einen ledernen, rot ausgenähten Gurt; die Peitsche hatte er um die Schulter geschlungen; am Gurt hatte er einen Beutel mit Brot hängen. In den Händen hielt er einen Sattel und einen Reitzaum.

Die Pferde waren über den spöttischen Ton des Pferdehüters ganz und gar nicht erschrocken, fühlten sich auch nicht dadurch gekränkt; es sah aus, als ob sie sich gar nichts daraus machten, und sie gingen ruhig von dem Tor weg. Nur eine alte, dunkelbraune, langmähnige Stute legte das eine Ohr an und drehte sich schnell mit dem Hinterteil herum. In diesem Augenblick kreischte eine junge Stute, die ganz hinten stand, und die das Ganze gar nichts anging, laut auf und schlug mit den Hinterfüßen gegen das erste beste Pferd, das in ihrer Nähe war, aus.

»Na, na!«, schrie der Pferdehüter noch lauter und drohender und begab sich in eine Ecke des Hofs.

Von allen Pferden, die sich auf dem Hof befanden (es mochten ihrer etwa hundert sein), zeigte die geringste Ungeduld ein scheckiger Wallach, der allein für sich da in der Ecke unter dem Vordach eines

Schuppens stand und, die Augen halb zukneifend, an einem eichenen Pfosten des Schuppens leckte.

Es war schwer zu sagen, welchen Genuss der scheckige Wallach daran fand; aber er machte, während er das tat, eine ernste, nachdenkliche Miene.

»Was machst du da für Dummheit!«, rief ihm der herantretende Pferdehüter in demselben Ton zu; dann legte er den Sattel und die fettglänzende Schweißdecke neben ihn auf einen Düngerhaufen.

Der scheckige Wallach hörte auf zu lecken und sah, ohne sich zu regen, den Pferdehüter lange an. Er lachte nicht, er wurde nicht zornig, er machte keine finstere Miene; sondern er schüttelte sich nur mit dem ganzen Leib und wandte sich mit einem schweren, tiefen Seufzer ab. Der Pferdehüter fasste ihn um den Hals und legte ihm den Reitzaum an.

»Was hast du denn zu seufzen?«, sagte Nestor.

Der Wallach schwenkte den Schweif, als wollte er sagen: »Ach, ich habe das bloß so in Gedanken getan; etwas Besonderes habe ich nicht, Nestor!« Nestor legte ihm die Schweißdecke und den Sattel auf, wobei der Wallach die Ohren an den Kopf legte, doch wohl um sein Missvergnügen auszudrücken; aber er wurde dafür nur »Du Aas!« geschimpft, und der Untergurt wurde festgezogen.

Dabei blies der Wallach sich auf; aber Nestor steckte ihm einen Finger in das Maul und stieß ihn mit dem Knie gegen den Bauch, sodass er ausatmen musste. Trotzdem legte er, als dann Nestor den Obergurt mit den Zähnen anzog, noch einmal die Ohren zurück und sah sich sogar um. Obgleich er wusste, dass ihm das nichts half, hielt er es doch für notwendig, zum Ausdruck zu bringen, dass ihm das unangenehm sei und dass er es sich nicht nehmen lasse, das zu zeigen. Als er gesattelt war, setzte er den geschwollenen rechten Vorderfuß seitwärts heraus und begann am Gebiss zu kauen, auch wieder mit irgendeinem besonderen Hintergedanken; denn dass das Gebiss keinen Geschmack habe, musste er schon lange wissen.

Nestor stieg mittels des kurzen Steigbügels auf den Wallach, wickelte die Peitsche los, zog seinen Rock unter dem Knie hervor, setzte sich auf dem Sattel in der besonderen Art der Kutscher, Jäger und Pferdehüter zurecht und zog die Zügel an. Der Wallach hob den Kopf in die Höhe und bekundete damit seine Bereitwilligkeit, zu gehen, wohin es ihm befohlen würde, rührte sich aber nicht vom Fleck.

Er wusste, dass, ehe es losging, sein Reiter noch ein großes Geschrei vollführen und dem anderen Pferdehüter Waska und den Pferden noch allerlei Weisungen erteilen werde. Und wirklich begann Nestor zu schreien: »Waska! He, Waska! Hast du auch die Mutterstuten herausgelassen? Wohin gehst du denn, verfluchter Kerl? Hoho! Du schläfst wohl … Mach das Tor auf! Lass die Mutterstuten vorangehen«, usw.

Das Tor knarrte. Verdrossen und schläfrig stand Waska, ein Pferd am Zügel haltend, beim Pfosten und ließ die Pferde hinaus. Die Pferde, behutsam durch das Stroh schreitend und daran schnuppernd, gingen nacheinander hinaus: junge Stuten, jährige Hengste mit kurzgeschnittenen Mähnen, Saugfohlen und schwerfällige Mutterstuten, diese einzeln und vorsichtig ihre Leiber durch das Tor hindurchtragend. Die jungen Stuten drängten sich mitunter zu zweien und dreien zusammen, legten eine der anderen den Kopf auf den Rücken und beschleunigten ihren Gang im Tor, wofür sie jedes Mal von den Pferdehütern mit Schimpfworten bedacht wurden. Die Saugfohlen liefen manchmal zu den Beinen fremder Mutterstuten hin und wieherten hell auf als Antwort auf den kurzen Lockruf ihrer Mütter.

Eine junge übermütige Stute bog, sobald sie das Tor passiert hatte, den Kopf nach unten und zur Seite, sprang mit dem Hinterteil in die Höhe und kreischte auf; aber sie wagte doch nicht, der alten grauen Fliegenschimmelstute Schuldüba vorzulaufen, die mit ruhigem, schwerfälligem Schritt, den Bauch nach rechts und nach links schaukelnd, würdevoll wie immer allen Pferden voranging.

Nach einigen Minuten lag der vorher so belebte Hof traurig verödet da. Trübselig ragten die Pfosten unter dem leeren Vordach auf, und es war nur zertretenes, mit Mist untermengtes Stroh zu sehen. Wenn auch diese Verödung dem scheckigen Wallach ein längst gewohntes Bild war, so schien sie ihn doch traurig zu stimmen. Langsam, als ob er Verbeugungen machte, senkte und hob er den Kopf, seufzte, soweit es ihm der fest angezogene Sattelgurt erlaubte, und wanderte hinkend mit seinen krummen Beinen, die gar nicht auseinandergehen wollten, hinter der Herde her, indem er den alten Nestor auf seinem knochigen Rücken trug.

»Ich weiß schon: sobald wir auf die Landstraße hinauskommen, wird er Feuer schlagen und sein hölzernes Pfeifchen mit dem Kupferbeschlag und dem Kettchen anzünden«, dachte der Wallach. »Ich freue mich darüber, weil früh morgens, wenn alles betaut ist, dieser Geruch mir zusagt und mancherlei angenehme Erinnerungen bei mir wachruft. Verdrießlich ist nur, dass der Alte, sobald er die Pfeife zwischen den Zähnen hat, in allerlei wunderliche Phantasien über sich selbst hineingerät, sich wie ein Held vorkommt und sich schief setzt, unbedingt schief; und gerade auf der Seite, wo er sich hinsetzt, tut es mir weh. Aber mag er es meinetwegen tun; es ist mir nichts Neues, um des Vergnügens anderer willen zu leiden; ich finde sogar schon eine Art von Pferdevergnügen darin. Mag er sich ein Held dünken, der arme Kerl! Er spielt ja die Rolle des Tapferen nur sich selber vor, wenn ihn niemand sieht; meinetwegen mag er auch schief sitzen!« So reflektierte der Wallach und trottete, vorsichtig mit den krummen Beinen auftretend, in der Mitte der Landstraße dahin.

2.

Nachdem Nestor die Herde zum Fluss getrieben hatte, an welchem die Pferde weiden sollten, stieg er von dem Wallach herunter und nahm ihm den Sattel ab. Unterdessen fing die Herde schon an, sich langsam über die noch nicht zertretene Wiese zu verteilen, die mit Tau bedeckt und von dem Dunst überzogen war, der sowohl von ihr wie von dem sie zum Teil umgebenden Fluss aufstieg.

Nestor nahm dem scheckigen Wallach den Zaum ab und kratzte das Tier unter dem Hals; als Antwort darauf schloss der Wallach zum Zeichen der Dankbarkeit und des Vergnügens die Augen. »Das hat er gern, der alte Hund!«, sagte Nestor. Indessen liebte der Wallach dieses Kratzen ganz und gar nicht und tat nur aus Zartgefühl so, als ob es ihm angenehm sei. Er schüttelte ein wenig mit dem Kopf, um sein Einverständnis auszudrücken. Aber plötzlich, ganz unerwartet und ohne jede Ursache, stieß Nestor, vielleicht in der Annahme, eine allzu große Familiarität könne den scheckigen Wallach zu falschen Vorstellungen von seinem Wert bringen, ohne jede Vorbereitung den Kopf des Wallachs von sich, holte mit dem Zügel aus und schlug den Wallach mit der Schnalle des Zügels sehr schmerzhaft gegen das magere Bein. Dann ging er, ohne ein Wort zu sagen, die Anhöhe hinan zu dem Baumstumpf, bei dem er zu sitzen pflegte.

Obgleich diese Behandlung den scheckigen Wallach kränkte, ließ er es sich doch nicht merken und ging, indem er langsam den dünnhaarigen Schweif hin und her schwenkte, ab und zu an etwas schnupperte und, nur um sich zu zerstreuen, hier und da etwas Gras abrupfte, zum Fluss hin. Er blickte mit keinem Auge danach hin, was um ihn her die jungen Stuten, die jährigen Hengste und die Füllen in ihrer Freude über den schönen Morgen anstellten, und da er wusste, dass es, namentlich in seinem Alter, das gesündeste sei, zuerst auf nüchternen Magen einen tüchtigen Schluck zu trinken und dann erst zu fressen, so suchte er sich am Ufer einen geräumigen, sanft abgedachten Platz, trat so weit in den Fluss, dass er sich die Hufe und das Kötenhaar benetzte, steckte sein Maul in das Wasser und begann, es mit seinen zerrissenen Lippen einzusaugen, die sich allmählich füllenden Seiten sachte zu bewegen und mit der kahlen Rübe des dünnen, scheckigen Schweifs zu wedeln.

Eine braune, mutwillige Stute, die den Alten immer hänselte und ihm allerlei Schabernack spielte, kam auch hier beim Wasser zu ihm heran, als ob sie gleichfalls trinken wollte, in Wirklichkeit aber nur, um ihm das Wasser vor seiner Nase zu trüben. Aber der Schecke hatte sich schon satt getrunken und zog, wie wenn er die Absicht der braunen Stute gar nicht bemerkte, seine Beine, die tief in den weichen Boden eingesunken waren, ruhig eines nach dem anderen heraus, schüttelte mit dem Kopf, ging ein wenig abseits von der Jugend und machte sich daran, zu fressen. Indem er die Beine auf mannigfache Weise auseinanderspreizte und es so vermied, unnötig viel Gras zu zertreten, fraß er, fast ohne jemals den Kopf in die Höhe zu heben, drei volle Stunden lang. Nachdem er sich so vollgefressen hatte, dass ihm der Bauch wie ein Sack von den mageren, derben Rippen herunterhing, stellte er sich gleichmäßig auf alle seine vier kranken Beine, um möglichst wenig Schmerz zu haben, besonders im rechten Vorderfuß, der der schwächste von allen war. Dann schlief er ein.

Es gibt ein würdevolles Greisenalter, es gibt ein hässliches und es gibt ein klägliches Greisenalter. Mitunter kommt es auch vor, dass ein Greisenalter hässlich und würdevoll zugleich ist. Das Greisenalter des scheckigen Wallachs war gerade von dieser Art.

Der Wallach war von hohem Wuchs, nicht kleiner als zwei Arschin drei Werschok. Von Farbe war er schwarzscheckig; oder vielmehr er war einstmals so gewesen; aber jetzt waren die schwarzen Flecke schmutzigbraun geworden. Solcher dunklen Flecke hatte er drei: der eine war am Kopf mit einer schiefen Blesse an der Seite der Nase und reichte bis zur Mitte des Halses. Die lange Mähne, die ganz voll Kletten saß, war an manchen Stellen weiß, an anderen braun. Der zweite Fleck zog sich an der rechten Seite hin bis zur Mitte des Bauches; der dritte befand sich auf der Kruppe, umfasste noch den oberen Teil des Schwanzes und reichte bis zur Mitte der Schenkel. Der übrige Teil des Schwanzes war weißlichbunt. Der große, knochige Kopf mit den tiefen Einsenkungen über den Augen und der herabhängenden, bei irgendeinem Anlass eingerissenen schwarzen Unterlippe hing schwer und tief an dem vor Magerkeit krummen, wie von Holz aussehenden Hals zum Boden hinunter. Hinter der herabhängenden Lippe wurden die seitlich zwischen die Zähne geklemmte, schwärzliche Zunge und die gelben Reste der durch das Kauen fast ganz zerstörten Unterzähne sichtbar. Die Ohren, von denen das eine zerschnitten war, hingen tief nach den Seiten herab und bewegten sich nur von Zeit zu Zeit lässig, um die zudringlichen Fliegen zu verscheuchen. Ein langes Büschel Schopfhaar hing hinter dem einen Ohr herab; die unbedeckte Stirn war eingesunken und rau; an den breiten Unterkiefern hing die Haut beutelförmig herunter. Am Hals und am Kopf schlangen sich die Adern in Knoten zusammen, die bei jeder Berührung durch eine Fliege zuckten und zitterten. Das Gesicht trug den Ausdruck ernster Geduld, tiefen Nachdenkens und schmerzlichen Leidens.

Seine Vorderfüße waren an den Knien bogenförmig gekrümmt; an beiden Hufen waren Geschwülste; und an dem einen Vorderbein, an welchem der farbige Fleck bis zur Mitte herabreichte, befand sich beim Knie eine faustgroße Beule. Die Hinterbeine waren etwas weniger defekt, aber an den Schenkeln, offenbar schon seit langer Zeit, abgescheuert, und Haar wuchs an diesen Stellen nicht mehr nach. Alle Beine erschienen bei der Magerkeit der ganzen Gestalt unverhältnismäßig lang. Die Rippen waren zwar derb und kräftig, lagen aber offen sichtbar da und waren so straff von der Haut überspannt, dass es aussah, als sei diese in den Vertiefungen zwischen ihnen angetrocknet. Widerrist und Rücken waren ganz übersät mit den Spuren alter Hiebe, und hinten war noch eine frische geschwollene Stelle, die sich zwar schon mit einem Schorf überzog, aber noch eiterte; die schwarze Rübe des Schwanzes mit den deutlich erkennbaren Wirbeln ragte lang und beinah kahl hervor. Auf der braunen Kruppe, nicht weit vom Schwanz, befand sich eine mit weißen Haaren bewachsene handgroße Wunde, die anscheinend von einem Biss herrührte. Eine andere, schon vernarbte Wunde war vorn am Schulterblatt sichtbar. Die Hinterbeine und der Schweif waren infolge der steten Magenverstimmung unsauber. So kurz das Haar des Felles war, so stand es doch am ganzen Körper struppig in die Höhe.

Aber trotz des abschreckenden Aussehens, welches das Greisenalter diesem Pferd verliehen hatte, konnte man, wenn man es betrachtete, unwillkürlich nachdenklich werden, und ein Kenner hätte sofort gesagt, das müsse seinerzeit ein auffallend schönes Pferd gewesen sein. Ein Kenner hätte sogar gesagt, dass es in Russland nur einen Schlag gebe, der ein so breites Knochengerüst aufweisen könne und so gewaltige Schenkelknochen und solche Hufe und so schlanke Beine und eine solche Aufsetzung des Halses und vor allen Dingen eine solche Schädelbildung und so große, schwarze, leuchtende Augen und so rassige Aderklümpchen an Kopf und Hals und eine so feine Haut und eine so feine Behaarung.

In der Tat, es lag etwas Würdevolles in der Gestalt dieses Pferdes und in dieser furchtbaren Vereinigung einerseits der abstoßenden Merkmale der Gebrechlichkeit, deren Eindruck durch die Buntscheckigkeit des Felles noch erhöht wurde, und andererseits seiner Gebärden und Manieren und des Ausdrucks von Selbstvertrauen und ruhigem Bewusstsein der eigenen Schönheit und Kraft.

Wie eine lebende Ruine stand das Tier einsam mitten auf der tauigen Wiese, und unweit von ihm erscholl das Stampfen, das Schnauben und das jugendfrohe Wiehern und Kreischen der weit zerstreuten Herde.

3.

Schon stieg die Sonne über den Wald empor, und ihre Strahlen blitzten hell auf dem Gras und auf der Oberfläche des sich krümmenden Flusses. Der Tau trocknete und sammelte sich in Tropfen; wie leichter Rauch verschwand der letzte Morgennebel. Krause Wölkchen erschienen am Himmel; aber es ging noch kein Wind. Jenseits des

Flusses stand dicht und straff grüner Roggen, der bereits Ähren an-
setzte, und es roch nach frischem Grün und Blumen. Aus dem Wald
rief der Kuckuck, mitunter dazwischen heiser krächzend, und Nestor
zählte, lang auf dem Rücken liegend, wie viele Jahre er noch leben
werde. Die Lerchen erhoben sich über dem Roggenfeld und über der
Wiese in die Luft. Ein Hase, der sich verspätet hatte, war zwischen
die Pferdeherde geraten, rettete sich in großen Sprüngen ins Freie,
setzte sich bei einem Busch hin und horchte. Waska schlief, den Kopf
mit dem Gesicht ins Gras gedrückt; die jungen Stuten zogen sich
ringsumher noch weiter von ihm fort und zerstreuten sich in der
Niederung; auch die älteren Stuten schritten weiter, ab und zu
schnaubend und eine helle Spur im Tau hinter sich lassend, und
wählten sich immer solche Stellen aus, wo sie niemand stören
konnte; aber sie weideten nicht mehr, sie fraßen nur zum Vergnügen
manchmal ein paar schmackhafte Halme. Die ganze Herde bewegte
sich unmerklich nach einer Richtung hin.

Wieder war es die alte Schuldüba, welche, würdevoll den anderen
voranschreitend, ihnen klarmachte, dass man weiter weggehen könne.
Die junge Rappstute Muschka, die zum ersten Mal gefohlt hatte,
wieherte beständig, hob den Schweif und schnob ihrem lilafarbenen
Füllen zu; die junge Atlasnaja mit dem glatten, glänzenden Fell
senkte den Kopf so tief herab, dass der schwarze, seidige Haarschopf
ihr die Stirn und die Augen bedeckte, spielte mit dem Gras, indem
sie Hälmchen ausriss und wieder fallen ließ, und stampfte mit dem
taufeuchten Fuß auf, an dem das Kötenhaar einen dichten Büschel
bildete. Eines der älteren Saugfohlen mochte sich wohl ein neues
Spiel ersonnen haben: Das kurze, krause Schwänzchen wie einen
Helmbusch aufrichtend, jagte es schon zum sechsundzwanzigsten
Mal im Kreis um seine Mutter herum, welche den Charakter ihres
Sohnes schon hinreichend zu kennen schien, ruhig das Gras abrupfte
und nur ab und zu mit dem großen schwarzen Auge von der Seite
nach dem Fohlen hinblickte.

Eines der kleinsten Saugfohlen, ein schwarzes, dickköpfiges Tierchen mit einem wie verwundert zwischen den Ohren aufstarrenden
Haarschopf und einem kurzen Schwänzchen, das sich noch nach der
Seite krümmte, nach der es im Mutterleib gekrümmt gewesen war,
richtete die Ohren auf und schaute, ohne sich von der Stelle zu rüh-
ren, mit stumpfblickenden Augen unverwandt nach einem anderen

Fohlen hin, welches immer einen Sprung machte und dann wieder rückwärts ging; es blieb unklar, ob das zuschauende Tierchen von Neid erfüllt war oder sich überlegte, warum sich das andere wohl so benehme. Einige Fohlen sogen, die Mäuler unter die Mütter schiebend; andere liefen aus unerfindlichem Grund, trotz aller Zurufe der Muttertiere in kleinem, ungeschicktem Trab geradeswegs von diesen fort, als ob sie etwas suchen wollten, und blieben dann, wieder aus nicht erkennbarer Ursache, stehen und stießen ein lautes, verzweifeltes Gewieher aus; andere lagen in einer Reihe hingestreckt auf der Seite da; andere lernten Gras fressen; andere kratzten sich mit einem Hinterfuß hinter dem Ohr. Zwei noch trächtige Stuten gingen abgesondert; langsam die Beine bewegend, fraßen sie immer noch. Es war nicht zu verkennen, dass ihr Zustand von den anderen respektiert wurde und keines von den jüngeren Tieren an sie heranzukommen und sie zu stören wagte. Und wenn ja eine übermütige Stute sich beikommen ließ, sich ihnen zu nähern, so genügte eine Bewegung des Ohres oder des Schweifes, um ihr die ganze Unziemlichkeit ihres Benehmens zum Bewusstsein zu bringen.

Die jährigen Hengste und die jährigen Stuten taten so, als wären sie schon ausgewachsene Tiere von gesetztem Charakter; nur selten erlaubten sie sich, ein paar Sprünge zu machen und sich an lustige Gesellschaft anzuschließen. Ihre Schwanenhälschen mit den geschorenen Mähnen hinabbiegend, fraßen sie mit Anstand ihr Gras und schwenkten, als ob sie auch schon Schweife hätten, mit ihren Pinselchen umher. Ganz wie die Großen legten sich manche nieder, wälzten sich oder kratzten einander. Die lustigste Gesellschaft bestand aus den zwei- und dreijährigen ledigen Stuten. Sie gingen fast alle in einem gesonderten Trupp, eine fröhliche Mädchenschar. Aus diesem Trupp hörte man Stampfen, Kreischen, Wiehern und Schnauben. Sie drängten sich zusammen, legten einander die Köpfe auf die Schultern, beschnupperten sich, sprangen in die Höhe und liefen manchmal mit erhobenem Schweif, halb im Trab, halb im Passgang, stolz und kokett vor ihren Genossinnen her. Die schönste und zugleich die Rädelsführerin unter dieser ganzen Jugend war eine mutwillige braune Stute. Was sie angab, das machten die anderen nach; wo sie hinging, dahin folgte ihr der ganze Haufen der Schönen. Diese Übermütige war an diesem Morgen zu allerlei Spielen ganz besonders aufgelegt. Es war eine lustige Laune über sie gekommen, wie das ja auch bei Menschen vorkommt. Schon an der Tränke hatte sie den alten Wallach geneckt; dann lief sie am Wasser entlang, tat, als ob sie vor etwas erschrocken wäre, prustete und lief, so schnell ihre Beine sie tragen konnten, ins Feld hinaus, sodass Waska ihr und den anderen, die sich ihr angeschlossen hatten, nachgaloppieren musste. Nachdem sie dann ein bisschen gefressen hatte, fing sie an, sich umherzuwälzen; darauf foppte sie die alten Stuten dadurch, dass sie vor ihnen herging; dann trieb sie ein Füllen beiseite und lief hinter ihm her, als ob sie es beißen wollte. Die Mutter erschrak und hörte auf zu fressen; das Füllen schrie mit kläglicher Stimme; aber die übermütige Stute rührte es überhaupt nicht an; sie hatte es nur erschrecken und ihren Genossinnen, die mit großem Interesse ihre Schelmenstreiche als Zuschauerinnen verfolgten, ein Schauspiel darbieten wollen. Dann kam sie auf den Einfall, einem kleinen Grauschimmel in der Ferne, jenseits des Flusses bei dem Roggenfeld, den Kopf zu verdrehen; auf diesem Pferdchen ritt dort ein Bauer; der Pflug schleifte hinterher. Sie stellte sich in stolzer Haltung, ein wenig zur Seite gewendet, hin, hob den Kopf in die Höhe, schüttelte sich und ließ ein süßes, zärtliches, langgedehntes Wiehern erschallen. Mutwille und tiefe Empfindung und eine gewisse Traurigkeit kamen in diesem Wiehern zum Ausdruck. Auch Sehnsucht und Liebesverheißung und Liebeskummer lagen darin.

Dort rief im dichten Schilf, von einer Stelle zur anderen laufend, leidenschaftlich ein Wachtelkönig seine Gefährtin zu sich; dort ließen der Kuckuck und die Wachtel ihren Liebesruf erklingen und die Blumen sandten durch den Wind ihren duftenden Blütenstaub einander zu.

»Auch ich bin jung und schön und stark«, sagte das Wiehern der übermütigen Stute. »Aber es ist mir bisher nicht vergönnt gewesen, die Süßigkeit jenes Gefühles zu kosten, ja, es hat mich überhaupt noch kein Liebhaber gesehen, wahrhaftig noch kein einziger.«

Und das vielsagende Gewieher klang voll jugendlicher Sehnsucht über die Niederung und das Feld dahin und gelangte aus der Ferne zu dem grauen Pferdchen. Dieses lichtete die Ohren auf und blieb stehen. Der Bauer versetzte ihm einen Stoß mit seinem in einem Bastschuh steckenden Fuß; aber der Grauschimmel war wie bezaubert von dem silberhellen Klang des fernen Wiehers und wieherte zur Antwort gleichfalls. Der Bauer wurde zornig, riss ihn an den Zügeln und stieß ihn mit dem Fuß so heftig gegen den Bauch, dass er sein Gewieher nicht zu Ende bringen konnte und weiterging. Aber dem Grauschimmel war gar süß und sehnsuchtsvoll zumute geworden, und noch lange drangen von den fernen Roggenfeldern die Töne eines ansetzenden leidenschaftlichen Wieherns und dann die zornigen Schimpfworte des Bauern zu der Pferdeherde herüber.

Wenn schon von dem bloßen Klang dieser Stimme der Grauschimmel sich so hingerissen fühlte, dass er seine Pflicht vergaß, was wäre dann erst mit ihm geschehen, wenn er die mutwillige Schöne in ihrer ganzen Gestalt gesehen hätte, wie sie die Ohren spitzte, die Nüstern aufblähte, die Luft einzog und, von unbestimmter Begierde getrieben und an dem ganzen jungen, schönen Leib zitternd, nach ihm rief?

Aber die Übermütige dachte nicht lange über den Eindruck nach, den sie hervorgerufen hatte. Als die Stimme des Grauschimmels verstummt war, wieherte sie noch einmal spöttisch, bog den Kopf herunter, grub mit einem Fuß in der Erde und ging dann hin, um den scheckigen Wallach aufzuwecken und zu foppen. Der scheckige Wallach war stets das arme Opfer, das von diesen glücklichen jungen Tieren gehänselt und gepeinigt wurde. Er hatte von diesen jungen Tieren mehr zu leiden als von den Menschen. Er selbst tat weder den einen noch den anderen Übles. Die Menschen bedienten sich seiner und misshandelten ihn bei diesem Anlass; aber warum quälten ihn die jungen Pferde?

4.

Er war alt, sie waren jung; er war mager, sie waren wohlgenährt; er war traurig, sie waren vergnügt. Folglich war er ein ganz fremdes, ganz andersartiges Wesen, und sie konnten mit ihm kein Mitleid haben. Die Pferde haben nur mit sich selbst Mitleid und außerdem nur noch mitunter mit denjenigen, in deren Haut sie sich mit Leichtigkeit hineindenken können. Aber es war doch nicht des scheckigen Wallachs eigene Schuld, dass er alt und dürr und missgestaltet war.

Man möchte meinen, dass es nicht seine eigene Schuld war; aber nach der Anschauung der Pferde war es allerdings seine eigene Schuld, und nach dieser Anschauung waren immer nur diejenigen im Recht, die stark, jung und glücklich waren, diejenigen, die noch das ganze Leben vor sich hatten, diejenigen, bei denen in übermütiger Anstrengung jeder Muskel zitterte und der Schweif sich steif in die Höhe hob. Vielleicht sah das auch der scheckige Wallach selbst ein und gab in ruhigen Augenblicken selbst zu, dass es seine eigene Schuld sei, wenn er sein Leben schon hinter sich hatte, und dass er nun dafür büßen müsse; aber er war doch bei alledem ein Pferd und konnte sich oft eines Gefühls der Kränkung, des Kummers und des Unwillens nicht erwehren, wenn er all dieses junge Volk ansah, das ihn sein Greisenalter so schwer entgelten ließ, obwohl es doch diesem selben Greisenalter gleichfalls am Ende des Lebens verfallen musste. Ein weiterer Grund für die Mitleidslosigkeit der Pferde war auch ein gewisses aristokratisches Gefühl. Jedes von ihnen führte seinen Stammbaum väterlicherseits oder mütterlicherseits auf die berühmte Smetanka zurück; von dem Schecken aber wusste niemand, wo er herstammte; der Schecke war so ein Hergelaufener, der vor drei Jahren auf dem Jahrmarkt für achtzig Rubel Papier gekauft worden war.

Die braune Stute ging, als wenn sie nur so umher promenierte, bis dicht an die Nase des scheckigen Wallachs und versetzte ihm dann einen Stoß. Er wusste schon, wie das gemeint war, und legte, ohne die Augen aufzumachen, die Ohren an den Kopf und fletschte die Zähne. Die Stute drehte ihm ihr Hinterteil zu und machte Miene, nach ihm zu schlagen. Er öffnete die Augen und ging weg nach einer anderen Stelle. Zum Schlafen hatte er keine Lust mehr; so begann er denn zu fressen. Wieder kam die übermütige Stute, von ihren Freundinnen begleitet, zu dem Wallach hin. Eine zweijährige Stute mit einer Blesse, ein sehr dummes Tier, das der Braunen alles nachmachte und in allen Stücken ihre folgsame Schülerin war, kam mit ihr zusammen heran und begann, wie das Nachahmer stets tun, das, was die Braune tat, noch zu überbieten. Die braune Stute pflegte heranzukommen, als ob sie nur mit sich selbst beschäftigt wäre, und bei dem Wallach dicht vor seiner Nase vorbeizugehen, ohne ihn anzusehen, sodass er wirklich nicht wusste, ob er zornig werden sollte oder nicht, und das wirkte dann in der Tat komisch.

So machte das die braune Stute auch jetzt; aber die Blesse, welche hinter ihr ging und besonders ausgelassen war, gab dem Wallach geradezu einen Stoß mit der Brust. Dieser fletschte wieder die Zähne, kreischte auf, stürzte mit einer Geschwindigkeit, die man ihm gar nicht zugetraut hätte hinter ihr her und biss sie in die Lende. Die Blesse schlug mit beiden Hinterfüßen aus und traf den Alten schwer auf die mageren, kahlen Rippen. Der Alte röchelte ordentlich vor Schmerz; er wollte sich noch einmal auf sie stürzen, dann aber bedachte er sich eines anderen, seufzte schwer auf und ging zur Seite. Das ganze junge Volk der Herde schien die Dreistigkeit, die sich der scheckige Wallach gegen die Blesse herausgenommen hatte, als eine persönliche Beleidigung aufzufassen; sie ließen ihn den ganzen übrigen Tag absolut nicht mehr fressen und gönnten ihm keinen Augenblick der Ruhe, sodass der Pferdehüter mehrmals einschreiten musste und gar nicht begreifen konnte, was ihnen eigentlich in den Kopf gekommen war.

Der Wallach war so niedergeschlagen, dass er von selbst zu Nestor hinging, als der Alte sich anschickte, die Herde wieder nach Hause zu treiben, und er fühlte sich glücklicher und ruhiger, als Nestor ihn sattelte und aufstieg.

Gott weiß, welche Gedanken den alten Wallach erfüllten, als er auf seinem Rücken den alten Nestor nach Hause trug – ob er voll Bitterkeit an das freche, grausame junge Volk dachte oder mit jenem verächtlichen, schweigsamen Stolz, wie er dem Alter eigen ist, seinen Beleidigern vergab; jedenfalls ließ er seine Empfindungen nicht kund werden, bis sie zu Hause waren.

An diesem Abend hatte Nestor Besuch von Gevattersleuten bekommen, und als er die Herde an den zum Gestüt gehörigen kleinen Wohnhäusern vorbeitrieb, bemerkte er einen Wagen mit einem Pferd, das vor seiner Haustür angebunden war. Nachdem er die Herde hineingetrieben hatte, hatte er es so eilig, dass er den Wallach, ohne ihm den Sattel abzunehmen, in den Hof ließ, seinem Kameraden Waska zurief, er solle ihn absatteln, das Tor zumachte und zu seinen Gevattersleuten ging. Ob nun deswegen, weil der Blesse, einer Urenkelin der berühmten Smetanka, von diesem »schäbigen Subjekt«, das auf dem Pferdemarkt gekauft war und weder Vater noch Mutter kannte, eine Beleidigung zugefügt und dadurch das aristokratische Empfinden des ganzen Gestütes verletzt war, oder weil der Wallach mit dem hohen Sattel ohne Reiter den Pferden ein seltsames, phantastisches Schauspiel bot – genug, es ereignete sich in dieser Nacht auf dem Pferdehof etwas Ungewöhnliches. Alle Pferde, junge und alte, liefen zähnefletschend hinter dem Wallach her und jagten ihn auf dem Hof herum. Man hörte das Dröhnen der Hufschläge gegen seine mageren Flanken und das schwere Ächzen des Getroffenen. Der Wallach konnte das nicht mehr ertragen und konnte den Hufschlägen nicht mehr ausweichen. Mitten im Hof blieb er stehen; auf seinem Gesicht malte sich in abstoßender Weise die kraftlose Wut des schwächlichen Greisenalters und dann die vollste Verzweiflung. Er legte die Ohren zurück, und plötzlich geschah etwas, was alle Pferde sofort veranlasste, ihre Angriffe einzustellen. Die älteste Stute, namens Wjasopuricha, ging an den Wallach heran, beschnupperte ihn und seufzte. Der Wallach seufzte gleichfalls.

5.

In der Mitte des hell vom Mond beleuchteten Hofs stand die hohe, hagere Gestalt des Wallachs mit dem hohen Sattel und dem empor-stehenden Knopf am Sattelbogen. Regungslos und in tiefem Schweigen standen die Pferde um ihn herum, als ob sie etwas Neues, Ungewöhn-liches aus seinem Mund erführen. Und sie erfuhren auch wirklich aus seinem Mund etwas Neues, Unerwartetes. Was er ihnen mitteilte, war folgendes:

Die erste Nacht

»Ja, ich bin ein Sohn von Ljubesnü I. und Baba. Mein Name ist nach dem Stammbaum Muschik I. Ich heiße also Muschik I. nach dem Stammbaum, im gewöhnlichen Leben aber *Leinwandmesser;* diesen Beinamen haben mir die Leute wegen meines langen, weit ausholen-den Schrittes gegeben, der in Russland nicht seinesgleichen hatte. Was Abstammung anlangt, so gibt es in der Welt kein Pferd, das von edlerem Geblüte wäre. Ich hätte euch das nie gesagt. Wozu auch? Ihr hättet mich ja doch nie erkannt, wie mich auch Wjasopuricha, die doch mit mir zusammen in Chrenowo war, so lange nicht erkannt hatte und erst jetzt wiedererkannt hat. Auch jetzt würdet ihr mir nicht glauben, wenn mir nicht das Zeugnis dieser Wjasopuricha hier zur Seite stände. Ich hätte euch das niemals gesagt. Ich brauche kein Mitleid von den Pferden. Aber ihr habt es gewollt. Ja, ich bin jener

Leinwandmesser, nach dessen Verbleib die Pferdekenner vergeblich forschen, jener Leinwandmesser, den der Graf selbst gekannt, aber aus dem Gestüt verwiesen hat, weil ich seinen Liebling Lebed überholt hatte.

Als ich geboren wurde, wusste ich nicht, was das bedeutet: ein Schecke; ich meinte eben, ich sei ein Pferd. Die erste Bemerkung, die über mein Fell gemacht wurde, versetzte – darauf besinne ich mich noch sehr wohl – mich und meine Mutter in großes Erstaunen.

Ich wurde wahrscheinlich in der Nacht geboren; am Morgen stand ich, von meiner Mutter schon rein geleckt, bereits auf den Füßen. Ich erinnere mich, dass ich immer ein Verlangen nach etwas verspürte und dass mir alles höchst wunderbar und zugleich höchst selbstverständlich vorkam. Die Boxen lagen bei uns an einem langen warmen Korridor und hatten Gittertüren, durch die man alles sehen konnte.

Meine Mutter hielt mir das Euter hin; aber ich war noch so unerfahren, dass ich mit der Nase bald unter die Vorderbeine meiner Mutter, bald unter die Krippe stieß. Plötzlich blickte meine Mutter sich nach der Gittertür um, trat mit einem Bein über mich fort und ging zur Seite. Der Knecht, der den Stalldienst hatte, sah durch das Gitter zu uns in die Box herein.

›Ei, sieh da! Baba hat gefohlt!‹, sagte er und schob den Riegel zurück. Er kam herein, ging über das frische Stroh auf mich zu und fasste mich mit beiden Armen um. ›Sieh mal, Taras!‹, rief er, ›ein schnurriger Schecke, die reine Elster!‹

Ich riss mich von ihm los, stolperte und fiel auf die Knie nieder.

›Ei, so ein kleines Teufelchen!‹, sagte er.

Meine Mutter wurde unruhig, machte aber keine Anstalten, mich zu schützen; sie seufzte nur schwer, sehr schwer und trat ein wenig zur Seite. Die Stallknechte kamen und besahen mich. Einer von ihnen lief hin, um es dem Stallmeister zu melden.

Alle lachten, sobald sie mein scheckiges Fell erblickten, und gaben mir allerlei sonderbare Benennungen. Der Sinn dieser Worte war nicht nur mir, sondern auch meiner Mutter unverständlich. Bisher war unter uns und allen meinen Verwandten kein einziger Schecke gewesen. Wir glaubten nicht, dass etwas Schlimmes dabei sei. Meinen Körperbau und meine Kraft lobten auch damals alle.

›Sieh, was für ein flinkes Kerlchen!‹, sagte einer der Stallknechte. Man kann ihn kaum halten.‹

Nach einiger Zeit kam der Stallmeister; auch er wunderte sich über meine Farbe; er schien sogar darüber verdrießlich zu sein.

›Von wem das kleine Scheusal das bloß hat?‹, sagte er. ›Der Direktor wird ihn nun nicht im Gestüt behalten mögen. Ach, Baba, du hast mich schön angeführt‹, wandte er sich zu meiner Mutter. ›Hättest du nur wenigstens einen Bless zur Welt gebracht; aber einen ganz Scheckigen!‹

Meine Mutter antwortete nichts und seufzte nur wieder, wie immer in ähnlichen Fällen.

›Von wem er das bloß hat?‹, fuhr er fort. ›Wie ein Bauer sieht er aus! Im Gestüt können wir ihn nicht behalten; es ist eine wahre Schande! Aber von Gestalt ist er schön, sehr schön!‹, sagte er, und das sagten alle, die mich sahen.

Nach einigen Tagen kam auch der Gestütsdirektor selbst; er betrachtete mich, und wieder waren alle ganz entsetzt und schalten auf mich und auf meine Mutter wegen der Farbe meines Felles. ›Aber von Gestalt ist er schön, sehr schön!‹, sagte jeder, der mich sah.

Bis zum Frühling wohnten wir Füllen alle im Stall der Mutterstuten, aber gesondert, jedes bei seiner Mutter. Nur zu der Zeit, als schon der Schnee auf den Dächern der Stallungen von der Sonne zu schmelzen anfing, wurde ich mitunter mit meiner Mutter auf den geräumigen Hof hinausgelassen, der mit frischem Stroh belegt war. Dort lernte ich zum ersten Mal alle meine Verwandten, nähere und entferntere, kennen. Dort sah ich, wie aus den verschiedenen Türen lauter damals hochberühmte Stuten mit ihren Füllen herauskamen. Da war die alte Hollandka, dann Muschka, eine Tochter von Smetanka, dann Krasnucha, ferner das Reitpferd Dobrochoticha, lauter Berühmtheiten jener Zeit; alle kamen sie da nebst ihren Füllen zusammen, gingen im Sonnenschein umher, wälzten sich auf dem frischen Stroh und beschnupperten einander ganz wie gewöhnliche Pferde. Den Anblick dieses Hofs, den die schönsten Stuten jener Zeit erfüllten, habe ich bis auf den heutigen Tag nicht vergessen können. Es wird euch sonderbar vorkommen, wenn ihr euch vorstellen und glauben sollt, dass ich einst jung und feurig war; und doch war es so. Da war auch diese selbe Wjasopuricha, die ihr hier seht, damals noch ein einjähriges Tierchen mit geschorener Mähne, ein liebes, lustiges, mutwilliges Pferdchen; aber – und das sage ich nicht etwa, um sie zu kränken – obgleich sie jetzt unter euch, was Geblüt anlangt, für eine Seltenheit gilt, gehörte sie damals zu den geringsten Pferden jener Zucht. Sie wird euch das selbst bestätigen.

Meine Buntscheckigkeit, die den Menschen so sehr missfiel, gefiel dafür allen Pferden außerordentlich gut; alle umringten sie mich, bewunderten mich und spielten mit mir. Ich begann schon zu vergessen, was die Menschen über meine Buntscheckigkeit gesagt hatten, und mich glücklich zu fühlen. Aber bald lernte ich den ersten Kummer in meinem Leben kennen, und die Ursache dieses Kummers war meine Mutter. Als es schon zu tauen anfing, die Sperlinge unter den Vordächern zwitscherten und der Frühling sich immer stärker in der Luft spürbar machte, da begann meine Mutter, ihr Benehmen gegen mich zu ändern.

Ihr ganzes Wesen war wie umgewandelt; bald begann sie plötzlich ohne jeden Anlass zu spielen und auf dem Hof herumzutollen, was zu ihrem gesetzten Alter ganz und gar nicht passte; bald versank sie in Gedanken und wieherte dabei; bald biss sie die anderen Stuten und schlug mit den Hinterfüßen nach ihnen; bald beschnupperte sie mich und schnob unzufrieden; bald legte sie, wenn wir draußen im Sonnenschein waren, ihren Kopf über die Schulter ihrer Cousine Kuptschicha und kratzte ihr lange nachdenklich den Rücken; mich aber stieß sie vom Euter weg. Eines Tages kam der Stallmeister, ließ ihr ein Halfter anlegen, und dann wurde sie aus der Box hinausgeführt. Sie wieherte; ich rief ihr zu und wollte ihr nachstürzen; aber sie sah sich nicht einmal nach mir um. Der Stallknecht Taras ergriff mich mit beiden Armen in dem Augenblick, wo sich die Tür hinter meiner Mutter, die hinausgeführt wurde, schloss.

Ich riss mich los und warf den Stallknecht in das Stroh; aber die Tür war fest geschlossen, und ich hörte nur das sich immer weiter entfernende Wiehern meiner Mutter. Und in diesem Wiehern hörte ich nicht mehr einen Ruf nach mir, sondern ich merkte darin einen ganz anderen Ausdruck. Auf ihre Stimme antwortete in der Ferne eine mächtige andere Stimme, wie ich später erfuhr, die Stimme Dobrüs' I., der mit je einem Stallknecht rechts und links zum Rendezvous mit meiner Mutter kam.

Ich erinnere mich nicht, wie Taras aus meiner Box hinauskam; mir war gar zu traurig zumute, denn ich fühlte, dass ich die Liebe meiner Mutter für immer verloren hatte. ›Und alles nur deswegen, weil ich ein Schecke bin‹, dachte ich in Erinnerung an das, was die

Menschen über mein Fell gesagt hatten, und es packte mich eine solche Wut, dass ich mit Kopf und Knien gegen die Wände der Box zu stoßen anfing und dies so lange fortsetzte, bis ich in Schweiß wie gebadet war und vor Erschöpfung aufhören musste.

Nach einiger Zeit kehrte meine Mutter zu mir zurück. Ich hörte, wie sie in einem mir ungewöhnlich klingenden Trab auf dem Korridor zu unserer Box gelaufen kam. Man öffnete ihr die Tür, und ich erkannte sie gar nicht wieder, so viel jünger und schöner war sie geworden. Sie beschnupperte mich, schnob und stieß ein lachendes Gewieher aus. An ihrem gesamten Ausdruck sah ich, dass sie mich nicht mehr liebte.

Sie erzählte mir von Dobrüs' Schönheit und von ihrer Liebe zu ihm. Diese Zusammenkünfte dauerten fort, und das Verhältnis zwischen mir und meiner Mutter wurde immer kälter.

Bald darauf ließ man uns auf die Weide hinaus. Von diesem Zeitpunkt an lernte ich neue Freuden kennen, welche mir den Verlust der Liebe meiner Mutter ersetzten. Ich hatte Freunde und Kameraden. Wir lernten zusammen Gras fressen, ebenso wiehern wie die Großen und mit emporgehobenen Schweifen um unsere Mütter herumgaloppieren. Das war eine glückliche Zeit. Alles war mir gestattet; alle liebten mich, bewunderten mich und betrachteten alles, was ich tat, mit wohlwollender Nachsicht. Aber das dauerte nicht lange. Nach kurzer Zeit widerfuhr mir etwas Entsetzliches.«

Der Wallach stieß einen tiefen, schweren Seufzer aus und ging von den anderen Pferden weg.

Die Morgenröte war schon längst am Himmel erschienen. Das Tor knarrte. Nestor kam herein. Die Pferde gingen auseinander. Der Pferdehüter brachte den Sattel des Wallachs in Ordnung und trieb die Herde hinaus.

6.

Die zweite Nacht

Sobald die Pferde am Abend in den Hof getrieben waren, drängten sie sich wieder um den Schecken.

»Im August trennte man mich von meiner Mutter«, fuhr der Schecke fort, »und ich empfand darüber keinen sonderlichen Kummer. Ich sah, dass meine Mutter schon einen jüngeren Bruder trug, den berühmten Usan, und ich war nicht mehr derselbe, der ich früher gewesen war. Ich war nicht eifersüchtig; aber ich fühlte, dass ich kühler gegen sie geworden war. Außerdem wusste ich, dass ich nach der Trennung von der Mutter in die allgemeine Füllenabteilung kam, wo wir zu zweit und dritt zusammen standen und täglich unsere ganze junge Schar ins Freie hinausgelassen wurde. Ich stand in einer Box mit Milü. Milü ist ein Reitpferd geworden, und es hat ihn später der Kaiser geritten, und er ist auf Gemälden und in Statuen dargestellt worden. Damals war er noch ein einfaches Füllen mit glänzendem, zartem Fell, einem Schwanenhals und schnurgeraden, feinen Beinen. Er war immer vergnügt, gutmütig und liebenswürdig, immer bereit zu spielen, sich mit einem anderen zu belecken und mit einem anderen Pferd oder einem Menschen sein Späßchen zu treiben. Unwillkürlich befreundeten wir uns miteinander, da wir zusammen wohnten, und diese Freundschaft hat während unserer ganzen Jugendzeit fortgedauert. Er war lustig und leichtsinnig. Er fing schon damals an zu lieben, schäkerte mit den Stuten und lachte mich wegen meiner Unschuld aus. Und zu meinem Unglück begann ich, es ihm aus Ehrgeiz nachzumachen, und war sehr bald ganz toll verliebt. Und diese meine frühe Neigung wurde die Ursache zu der größten Veränderung meines Schicksals. Es kam manchmal vor, dass ich mich vor Liebe gar nicht zu fassen wusste … Wjasopuricha war ein Jahr älter als ich; wir waren miteinander sehr gut befreundet; aber gegen Ende des Herbstes bemerkte ich, dass sie anfing, mir auszuweichen ---

Aber ich will nicht diese ganze unglückliche Geschichte meiner ersten Liebe erzählen; Wjasopuricha selbst wird sich erinnern, in welcher sinnlosen Weise ich mich von meiner Leidenschaft hinreißen ließ und wie dies mit der wichtigsten Veränderung in meinem Leben endete.

Die Pferdehüter stürzten herbei, um sie fortzujagen und mich zu schlagen. Am Abend wurde ich in eine besondere Box gebracht; ich wieherte die ganze Nacht hindurch, wie in einer Vorahnung dessen, was mir der folgende Tag bringen sollte.

Am Morgen kamen in den Korridor vor meiner Box der Gestütsdirektor, der Stallmeister, ein paar Stallknechte und Pferdehüter, und es erhob sich ein furchtbarer Lärm. Der Direktor schrie den Stallmeister an; der Stallmeister verteidigte sich, er habe verboten gehabt, mich herauszulassen, und die Stallknechte hätten es eigenmächtig getan. Der Direktor sagte, er werde sie allesamt durchpeitschen lassen; dass junge Hengste nicht zu halten seien, hätten sie wissen müssen. Der Stallmeister versprach, er werde alles ausführen. Sie schwiegen endlich und gingen fort. Ich hatte nichts begriffen; aber ich sah, dass sie etwas Schlimmes mit mir vorhatten ---

Tags darauf hörte ich für mein Leben lang auf, zu wiehern; ich wurde so, wie ich jetzt bin. Die ganze Welt hatte in meinen Augen eine andere Gestalt bekommen. Nichts machte mir Freude; ich vergrub mich in mich selbst und wurde nachdenklich. Anfangs war mir alles zuwider. Ich hörte sogar auf, zu trinken, zu fressen und zu gehen; und nun gar an Spielen dachte ich überhaupt nicht mehr. Mitunter kam mir der Einfall auszuschlagen, umherzugaloppieren, zu wiehern; aber sofort trat mir auch die furchtbare Frage entgegen: Warum? Wozu? Und meine letzte Kraft sank dahin.

Einmal wurde ich abends draußen umhergeführt gerade in dem Augenblick, als man die Herde vom Feld heimtrieb. Schon von weitem erblickte ich die Staubwolke mit den noch undeutlichen, mir so wohlbekannten Umrissen aller unserer Mutterstuten --- Ich hörte das lustige Wiehern und das Getrappel. Ich blieb stehen, obgleich der Strick des Halfters, an dem mich der Stallknecht zog, mir in den Nacken schnitt, und schaute nach der näher kommenden Herde hin, wie man auf ein für immer verlorenes, unwiederbringliches Glück hinschaut. Als sie herankamen, unterschied ich einzeln alle die mir bekannten schönen, prächtigen, gesunden, wohlgenährten Gestalten. Einige von ihnen blickten auch nach mir hin. Ich fühlte nicht mehr den Schmerz, als mich der Stallknecht am Halfter zog. Ich vergaß, wer ich war, und begann in Erinnerung an frühere Zeiten zu wiehern und Trab zu laufen; aber mein Wiehern klang traurig, lächerlich und töricht. In der Herde wurde nicht gelacht; aber ich merkte, wie sich viele der Pferde aus Anstandsgefühl von mir abwandten. Ich machte offenbar auf sie einen widerwärtigen, kläglichen, peinlichen und vor allen Dingen lächerlichen Eindruck. Lächerlich erschien ihnen mein dünner, energieloser Hals, mein großer Kopf (ich war damals sehr mager geworden), meine langen, plumpen Beine, und wie ich aus alter Gewohnheit in ungeschickter Gangart im Kreis um den Stallknecht herumtrabte. Niemand antwortete auf mein Gewieher; alle wandten sie sich von mir ab. Ich begriff plötzlich alles; ich begriff, wie fern ich ihnen allen für immer stand, und ich erinnere mich nicht mehr, wie ich damals hinter dem Stallknecht her nach Hause gekommen bin.

Ich hatte auch früher schon einen Hang zum Ernst und zum Nachsinnen besessen; jetzt nun aber ging in meinem Inneren eine entschiedene Umwandlung vor. Meine Buntscheckigkeit, die mir diese seltsame Verachtung seitens der Menschen zuzog, ferner das furchtbare Unglück, das so unerwartet über mich hereingebrochen war, und dazu noch meine eigentümliche Stellung im Gestüt, die ich empfand, aber mir schlechterdings noch nicht erklären konnte, dies alles brachte mich dahin, mich tief in mein Inneres zurückzuziehen. Ich dachte über die Ungerechtigkeit der Menschen nach, die mich dafür verdammten, dass ich ein Schecke war; ich dachte über die Unbeständigkeit der mütterlichen Liebe und überhaupt der weiblichen Liebe nach und über ihre Abhängigkeit von physischen Zuständen; ganz besonders aber dachte ich über die Eigenheiten jener sonderbaren Gattung von lebenden Wesen nach, mit der wir in so enger Verbindung stehen und die wir Menschen nennen, über diejenigen Eigenheiten, deren Folge jene Besonderheit meiner Stellung im Gestüt war, die ich wohl empfand, aber nicht begreifen konnte.

Was es mit dieser Besonderheit und mit den menschlichen Eigenheiten, auf denen sie beruhte, für eine Bewandtnis hatte, das entdeckte ich bei folgender Gelegenheit.

Es war im Winter, in der Festzeit. Einen ganzen Tag lang erhielt ich kein Futter und auch nichts zu trinken. Wie ich nachher erfuhr, war dies daher gekommen, dass unser Stallknecht betrunken war. An demselben Tag kam der Stallmeister zu mir herein, sah, dass ich nichts zu fressen hatte, und schimpfte in sehr starken Ausdrücken auf den nicht anwesenden Stallknecht. Dann ging er wieder weg.

Am anderen Tag kam der Stallknecht mit einem seiner Kameraden in unsere Box herein, um uns Heu zu geben. Ich bemerkte, dass er auffällig blass und in trüber Stimmung war und dass namentlich die Art, wie er seinen langen Rücken bewegte, eine besondere Bedeutung und etwas Mitleiderregendes hatte.

Grimmig warf er das Heu hinter die Raufe. Ich wollte meinen Kopf über seine Schulter schieben; aber er schlug mich mit der Faust so schmerzhaft auf das Maul, dass ich zurücksprang. Dann gab er mir noch mit dem Stiefel einen Tritt gegen den Bauch.

›Wenn dieses verdammte Aas nicht wäre‹, sagte er, ›dann wäre nichts passiert.‹

›Was ist denn gewesen?‹, fragte der andere Stallknecht.

›Ja, nach dem Grafen seinen Pferden, da sieht er nicht nach; aber bei seinem, da revidiert er den Tag zweimal.‹

›Ist ihm denn der Schecke geschenkt worden?‹, fragte der andere.

›Ob verkauft oder geschenkt, das weiß der Teufel. Dem Grafen seine Pferde, wenn die auch alle vor Hunger krepieren, das ist ihm ganz egal; aber wenn man sich beikommen lässt, seinem Füllen kein Futter zu geben! Leg dich hin!, sagt er. Und nun haut ordentlich zu! – Er hat kein Christentum. Das Vieh tut ihm mehr leid als ein Mensch. Man merkt, dass er kein Kreuz auf der Brust trägt; er hat selbst die Hiebe gezählt, der Barbar! Selbst der Direktor hat mich noch nie so hauen lassen; mein ganzer Rücken ist voll Striemen; man sieht, er hat kein christliches Herz im Leib.‹

Was sie vom Durchpeitschen und vom Christentum sagten, das verstand ich ganz gut; aber vollständig dunkel war mir damals noch, was der Ausdruck ›sein Füllen‹ bedeutete, aus welchem ich ersah, dass die Menschen irgendwelche Beziehung zwischen mir und dem Stallmeister annahmen. Worin diese Beziehung bestand, konnte ich damals schlechterdings nicht begreifen. Erst viel später, nachdem man mich von den anderen Pferden getrennt hatte, verstand ich, was das bedeutete. Damals konnte ich gar nicht begreifen, was das eigentlich heißen sollte, dass sie mich als das Eigentum eines Menschen bezeichneten. Der Ausdruck ›mein Pferd‹ bezog sich auf mich, ein lebendiges Pferd, und erschien mir ebenso seltsam wie solche Ausdrücke: ›mein Land‹, ›meine Luft‹, ›mein Wasser‹.

Aber diese Worte hatten mir einen gewaltigen Eindruck gemacht. Unaufhörlich dachte ich darüber nach; aber erst lange nachher, nachdem ich die mannigfachsten Beziehungen zu den Menschen durchgemacht hatte, begriff ich endlich, welche Bedeutung die Menschen diesen sonderbaren Worten beilegen. Diese Bedeutung ist folgende: Für die Menschen sind im Leben nicht Taten das Bestimmende, sondern Worte. Es kommt ihnen nicht so sehr auf die Möglichkeit an, etwas zu tun oder nicht zu tun, als vielmehr auf die Möglichkeit, mit Bezug auf allerlei Gegenstände gewisse Worte von konventioneller Bedeutung zu gebrauchen. Solche Worte, die bei ihnen für sehr wichtig gelten, sind die Worte ›mein, meine‹, deren sie sich in Bezug auf die verschiedensten Dinge, auf lebende Wesen und leblose Gegenstände, bedienen, sogar in Bezug auf den Erdboden, auf Menschen und auf Pferde. Sie haben untereinander festgesetzt, dass von ein und demselben Dinge immer nur einer ›mein‹ sagen darf. Und wer nach diesem unter ihnen vereinbarten Spiel von der größten Anzahl von Dingen ›mein‹ sagt, der gilt bei ihnen als der Glücklichste. Weshalb das so ist, weiß ich nicht; aber es ist so. Früher habe ich mich lange bemüht, mir das aus irgendwelchem unmittelbaren Vorteil zu erklären; aber eine solche Erklärung erwies sich als unzutreffend.

Zum Beispiel: Viele von den Menschen, die mich ihr Pferd nannten, ritten gar nicht auf mir; sondern es ritten auf mir ganz andere Leute. Es fütterten mich auch nicht sie, sondern ganz andere. Gutes taten mir wiederum nicht diejenigen, die mich ihr Pferd nannten, sondern Kutscher, Rossärzte und überhaupt fremde Menschen. Als sich in der Folge der Kreis meiner Beobachtungen erweiterte, überzeugte ich mich, dass nicht nur in Bezug auf uns Pferde der Begriff ›mein‹ lediglich auf einem niedrigen, animalischen Instinkt der Menschen beruht, den sie Eigentumssinn oder Eigentumsrecht nennen. Der Mensch sagt auch: ›mein Haus‹, obgleich er nie darin wohnt, sondern nur für die Erbauung und Erhaltung des Hauses Sorge trägt. Der Kaufmann sagt: ›mein Laden‹, zum Beispiel ›mein Tuchladen‹, und lässt sich dabei doch nicht seine Kleider aus dem besten Tuch machen, das in seinem Laden ist.

Es gibt Menschen, die ein Stück Land als das ihrige bezeichnen und doch dieses Stück Land nie gesehen haben, nie auf ihm umhergegangen sind. Es gibt Menschen, welche von anderen Menschen ›mein‹ sagen, und doch haben sie diese Menschen nie gesehen, und ihre ganze Beziehung zu diesen Menschen besteht darin, dass sie ihnen Böses tun.

Es gibt Menschen, welche Frauen als ihre Frauen bezeichnen, und doch leben diese Frauen mit anderen Männern. Und die Menschen streben im Leben nicht danach, das zu tun, was sie für gut und recht halten, sondern danach, möglichst viele Dinge die ihrigen zu nennen.

Ich bin jetzt der Überzeugung, dass gerade darin der wesentliche Unterschied zwischen den Menschen und uns besteht. Und schon darum allein – von unseren anderen Vorzügen vor den Menschen gar nicht zu reden – können wir dreist sagen, dass wir auf der Stufenleiter der lebenden Wesen höher stehen als die Menschen; für das Handeln der Menschen, wenigstens derjenigen, mit denen ich in Beziehung gekommen bin, sind das Bestimmende Worte, für das unsrige das wirkliche Tun.

Dieses Recht also, von mir zu sagen ›mein Pferd‹, hatte der Stallmeister erhalten, und darum ließ er den Stallknecht durchpeitschen. Diese Entdeckung versetzte mich in lebhaftes Erstaunen, und sie, sowie mein Befremden über die Gedanken und Urteile, die meine buntscheckige Farbe bei den Menschen hervorrief, und das Nachsinnen, zu dem mich die Sinnesänderung meiner Mutter veranlasste, haben mich zu dem ernsten, tiefsinnigen Wallach werden lassen, der ich bin.

Ich war dreifach unglücklich: ich war scheckig, ich war ein Wallach, und die Menschen hatten von mir die Vorstellung, dass ich nicht Gott und mir selbst angehörte, wie das doch jedem lebenden Wesen angeboren ist, sondern dass ich dem Stallmeister gehörte.

Dass sie von mir diese Vorstellung hatten, hatte mehrere Folgen. Gleich die erste dieser Folgen bestand darin, dass man mich abgesondert hielt, besser fütterte, häufiger an der Leine laufen ließ und mich früher anspannte. Zum ersten Mal wurde ich in meinem dritten Lebensjahre angespannt. Ich erinnere mich, wie damals der Stallmeister selbst, der die Vorstellung hatte, dass ich ihm gehörte, mit einer ganzen Schar von Stallknechten sich daran machte, mich anzuspannen, und von mir Wildheit und Widersetzlichkeit erwartete. Sie banden mich mit Stricken und führten mich in die Gabeldeichsel; auf den Rücken hatten sie mir ein breites Kreuz von Riemen gelegt und banden es an der Gabeldeichsel fest, damit ich nicht hinten ausschlagen könne; ich aber hatte nur auf eine Gelegenheit gewartet, meine Lust und Liebe zur Arbeit zu zeigen.

Sie wunderten sich, dass ich in der Deichsel ging wie ein altes Pferd. Man fuhr mich ein, und ich übte mich im Traben. Mit jedem Tag machte ich größere Fortschritte, sodass nach drei Monaten der Gestütsdirektor selbst und viele andere meinen Gang lobten. Aber merkwürdig, eben deshalb, weil sie die Vorstellung hatten, dass ich nicht mein eigen sei, sondern Eigentum des Stallmeisters, erhielt mein Gang für sie eine ganz andere Bedeutung.

Die Hengste, meine Brüder, fuhr man zum Wettrennen ein; man maß ihr Tempo; es kamen Leute heraus, um ihnen zuzusehen; man spannte sie vor Wagen mit vergoldetem Zierrat und legte ihnen teure Satteldecken auf. Ich fuhr mit dem einfachen Break des Stallmeisters nach Tschesmenka und den anderen Vorwerken, wenn er dort zu tun hatte. Alles das kam davon her, dass ich ein Schecke war, und hauptsächlich daher, dass ich nach der Meinung der Menschen nicht dem Grafen, sondern dem Stallmeister gehörte.

Morgen, wenn wir dann noch leben, will ich euch erzählen, welche wichtige Folge dieses Eigentumsrecht, das sich der Stallmeister einbildete, für mich hatte.«

Diesen ganzen Tag über benahmen sich die Pferde gegen Leinwandmesser rücksichtsvoll; aber Nestors Benehmen war so grob wie immer. Der Grauschimmel des Bauern wieherte von selbst auf, als er in die Nähe der Herde kam, und die braune Stute kokettierte wieder mit ihm.

7.

Die dritte Nacht

Der Mond war im Zunehmen, und seine schmale Sichel beleuchtete die Gestalt Leinwandmessers, welcher mitten auf dem Hof stand. Die Pferde drängten sich um ihn.

»Die wichtigste, erstaunlichste Folge des Umstandes, dass ich nicht dem Grafen, nicht Gott, sondern dem Stallmeister gehörte«, fuhr der Schecke fort, »bestand für mich darin, dass gerade das, was unser Hauptverdienst bildet, der flotte Gang, die Ursache zu meiner Ver-

bannung wurde. Lebed wurde in der kreisförmigen Fahrbahn einge-
fahren; da kam der Stallmeister gerade mit mir aus Tschesmenka
zurückgefahren und hielt bei der Fahrbahn an. Lebed kam bei uns
vorbei. Er ging gut; aber er stolzierte dabei und verstand sich nicht
auf die Kraftausnutzung, die ich bei mir herausgearbeitet hatte, dass
nämlich in dem Augenblick, wo ein Fuß den Erdboden berührt, ein
anderer sich von ihm loshebt und nicht die geringste Anstrengung
zwecklos vergeudet wird, sondern jede Anstrengung zur Vorwärtsbe-
wegung mitwirkt. Also Lebed kam bei uns vorbei. Ich strebte nach
der Fahrbahn hinein, und der Stallmeister hielt mich nicht zurück.
›Na, wie ist's, wollt ihr mal euren Lebed mit meinem Schecken um
die Wette laufen lassen?‹, rief er, und als Lebed zum zweiten Mal
vorbeikam, ließ er mich los. Der andere hatte schon seine volle Geschwindigkeit, und daher blieb ich bei der ersten Runde zurück; aber
bei der zweiten rückte ich gegen ihn auf, kam seinem Wagen immer
näher, holte ihn ein, überholte ihn – und blieb voran. Es wurde noch
ein zweiter Versuch angestellt, mit demselben Erfolg. Ich war der
Schnellere. Und das versetzte alle in Schrecken. Der Gestütsdirektor
verlangte, ich sollte so bald wie möglich weit weg verkauft werden,
damit sie von mir nichts mehr zu sehen und zu hören bekämen.
›Wenn es der Graf erfährt, dann passiert etwas Schlimmes!‹, sagte
er. So wurde ich denn als Deichselpferd an einen Pferdehändler verkauft. Bei dem Pferdehändler blieb ich nicht lange; ein Husarenoffizier, welcher Remontepferde für das Regiment einkaufte, erstand
mich für sich selbst. Alles, was mir in der letzten Zeit widerfahren
war, war so ungerecht und grausam gewesen, dass ich froh war, als
man mich aus Chrenowo fortführte und für immer von allem
trennte, was mit mir verwandt war und mir lieb gewesen war. Ich
hatte mich dort unter den anderen Pferden gar zu bedrückt gefühlt.
Ihnen standen im Leben Liebe, Ehren und Freiheit bevor, mir Arbeit
und Erniedrigung, Erniedrigung und Arbeit bis zum Ende meines
Daseins! Und weshalb? Weil ich ein Schecke war und darum jemandes
Eigentum hatte werden müssen ...«

Weiter konnte Leinwandmesser an diesem Abend nicht erzählen.
Auf dem Pferdehof trat ein Ereignis ein, welches alle Pferde in Auf-
regung versetzte. Kuptschicha, eine trächtige, verspätete Stute, die
zuerst bei der Erzählung mit zugehört hatte, wandte sich plötzlich
um, ging langsam unter das Schuppendach und begann dort so laut

zu ächzen, dass alle Pferde auf sie aufmerksam wurden; dann legte sie sich nieder, darauf stand sie wieder auf und legte sich von neuem nieder. Die alten Mutterstuten wussten, was mit ihr vorging; aber die jüngeren Tiere gerieten in große Erregung, verließen den Wallach und umringten die Kranke.

Am Morgen war ein neues Füllen da, das sich nur schwankend auf den Beinen hielt. Nestor rief den Stallmeister herbei, und die Stute mit ihrem Füllen wurde in eine besondere Box gebracht, die anderen Pferde aber ohne die beiden auf die Weide getrieben.

8.

Die vierte Nacht

Am Abend, als das Tor geschlossen und alles still geworden war, fuhr der Schecke folgendermaßen fort:

»Viele Beobachtungen sowohl über die Menschen als auch über die Pferde hatte ich anzustellen Gelegenheit, während ich aus einer Hand in die andere überging. Am längsten war ich bei zwei Besitzern in Moskau: bei jenem Husarenoffizier, der seinem Stand nach Fürst war, und bei einer alten Dame, die nicht weit von der Kirche zum Wunderbild des heiligen Nikolaus wohnte.

Bei dem Husarenoffizier verlebte ich die beste Zeit meines Lebens.

Obgleich er die Ursache zu meinem Verderben wurde, und obgleich er niemanden und nichts jemals geliebt hat, so liebte und liebe ich ihn doch gerade deswegen.

Mir gefiel an ihm gerade das, dass er schön, glücklich und reich war und darum keinen Menschen liebte.

Ihr habt Verständnis für diese erhabene Empfindung, wie sie uns Pferden eigen ist! Seine Kälte und meine Abhängigkeit von ihm verliehen meiner Liebe zu ihm eine besondere Stärke. ›Schlag mich tot, jage mich zuschanden‹, dachte ich oft in unseren schönen Zeiten, ›das wird meine Glückseligkeit nur noch erhöhen.‹

Er kaufte mich von dem Pferdehändler, dem mich der Stallmeister für achthundert Rubel verkauft hatte. Er kaufte mich gerade deshalb, weil sonst kein Mensch sich scheckige Pferde hielt. Das war meine beste Zeit. Er hatte eine Geliebte. Ich wusste das, weil ich ihn jeden

Tag zu ihr hinbrachte und sie auch manchmal beide zusammen spazieren fuhr.

Seine Geliebte war eine Schönheit, und auch er war ein schöner Mann, und auch sein Kutscher war ein schöner Mann. Und deswegen hatte ich sie alle sehr gern. Auch hatte ich ein gutes Leben. Der Tag verlief für mich folgendermaßen. Am Morgen kam der Stallknecht, um mich zu reinigen, nicht der Kutscher selbst, sondern der Stallknecht. Dieser Stallknecht war ein junger Mensch, ein Bauernbursche, den der Herr von seinem Gut hatte nach der Stadt kommen lassen. Er öffnete die Tür, ließ den Stalldunst hinaus, räumte den Mist weg, nahm uns die Decken ab und begann, mir mit einer Bürste den Leib abzureiben und mit der Striegel weißliche Streifen von Hautkleie auf den von den Hufeisenstollen zerstampften Bohlenbelag des Fußbodens hinzulegen. Ich biss ihn scherzend ein wenig in den Ärmel und stieß ihn sachte mit dem Fuß. Dann führte er uns einen nach dem anderen zu einem Kübel mit kaltem Wasser, und mit Vergnügen betrachtete bei mir der Bursche mein durch seine Bemühung so schön glattes, scheckiges Fell, die kerzengeraden Beine mit den breiten Hufen und die glänzende Kruppe und den Rücken, so breit und eben, dass man sich darauf hätte schlafen legen können. Er legte Heu hinter die hohen Raufen und schüttete Hafer in die eichenen Krippen. Dann kam Feofan, der Kutscher.

Der Herr und der Kutscher hatten miteinander viel Ähnlichkeit. Der eine wie der andere fürchtete sich vor nichts und liebte niemand außer sich selbst, und darum hatten alle Menschen sie besonders gern. Feofan trug ein rotes Hemd, Plüschhosen und eine ärmellose Jacke. Ich freute mich, wenn er manchmal an einem Feiertag, schön pomadisiert, in seiner Jacke in den Stall kam und schrie: ›Na, du Vieh, hast mich wohl ganz vergessen!‹ und mich dabei mit dem Stiel der Stallgabel gegen die Lende stieß, aber nie schmerzhaft, sondern nur zum Spaß. Ich verstand den Spaß sofort, legte ein Ohr an den Kopf und klappte mit den Zähnen.

Es war bei uns auch ein Rapphengst, der zu einem gleichfarbigen Paar gehörte. Nachts wurde auch ich manchmal mit ihm zusammen angespannt. Dieser Zentaur verstand keinen Spaß und war geradezu ein Teufel an Bosheit. Ich stand im Stall neben ihm, nur durch eine niedrige Scheidewand von ihm getrennt, und wurde manchmal ernstlich von ihm gebissen. Feofan fürchtete sich nicht vor ihm. Zuweilen ging er gerade auf ihn los und schrie ihn an – man hätte meinen mögen, er wollte das Tier totschlagen; aber nein, der Schlag ging daneben, und Feofan legte ihm das Halfter an.

Als ich auch einmal wieder mit ihm zusammen angespannt war, fuhren wir im Galopp den Kusnezki-Most, eine sehr belebte Straße, hinunter. Weder der Herr noch der Kutscher hatten irgendwelche Furcht. Sie lachten, schrien das Volk an, hielten uns zurück, bogen um die Ecke – es war niemand auch nur gequetscht worden.

In ihrem Dienst verlor ich meine besten Eigenschaften und mein halbes Leben. Denn hier wurde ich einmal beim Fahren überanstrengt und nachher zur Unzeit getränkt. Aber trotzdem war es die beste Zeit meines Lebens! Um zwölf Uhr kam gewöhnlich der Stallknecht, legte mir das Geschirr an, schmierte mir die Hufe ein, feuchtete mir den Haarschopf und die Mähne an und führte mich in die Gabeldeichsel.

Der Schlitten war aus Rohr geflochten und mit Samt ausgeschlagen, das Geschirr mit kleinen silbernen Schnallen versehen; zeitweilig trug ich auch ein gehäkeltes Netz. Das Geschirr war so breit und reich, dass, wenn alle Lenkseile und Riemen angelegt und festgeschnallt waren, man nicht unterscheiden konnte, wo das Geschirr aufhörte und das Pferd anfing. Angespannt wurde im Schuppen, mit losem Anspann. Dann kam Feofan, mit einem Hinterteil breiter als die Schultern, mit einer roten Leibbinde unter den Achseln, musterte den Anspann, setzte sich hin, legte seinen Rock in Ordnung, setzte den Fuß auf den Tritt, machte irgendein Späßchen, hängte immer die Peitsche an, mit der er mir aber fast nie einen Schlag versetzte, nur so der Ordnung wegen, und sagte: ›Los!‹ Und bei jedem Schritt tänzelnd schritt ich aus dem Tor hinaus, und die Köchin, die hinausgekommen war, um Spülicht auszugießen, blieb auf der Schwelle stehen, und der Bauer, der Holz auf den Hof gefahren hatte, riss die Augen weit auf. Wir fuhren hinaus, fuhren ein Stückchen zur Seite und hielten an. Diener kamen heraus, andere Kutscher kamen herbeigefahren: Ein lebhaftes Gespräch kam in Gang. Alle warteten, manchmal standen wir drei Stunden vor dem Haus, fuhren von Zeit zu Zeit eine kleine Strecke weg, kehlten dann um und hielten wieder.

Endlich wurde es laut im Hausflur; der grauköpfige, dickbäuchige Tichon im Frack kam herausgelaufen und rief: ›Vorfahren!‹ Damals bestand noch nicht diese dumme Mode, zu sagen: ›Vorwärts!‹, als ob ich nicht selbst wüsste, dass man nicht rückwärts, sondern vorwärts fährt. Feofan schnalzte mit der Zunge, fuhr vor – und aus dem Hause trat der Fürst, eilig, achtlos, als ob weder an dem Schlitten noch an dem Pferd noch an Feofan etwas Bemerkenswertes gewesen wäre, der den Rücken bog und die Arme in einer Weise ausstreckte, wie man sie wohl kaum lange halten kann. Also der Fürst trat heraus, mit dem Tschako auf dem Kopf, in einem Mantel mit grauem Biberkragen, der sein hübsches Gesicht mit den roten Backen und den schwarzen Augenbrauen verbarg, obgleich es sich zu aller Zeit sehr wohl hätte sehen lassen können. So kam er heraus, mit dem Säbel, den Sporen und den kupfernen Absätzen der Überschuhe klappernd, schritt, als ob er große Eile hätte, über den Teppich und schenkte weder mir noch Feofan die geringste Beachtung; – alle Leute betrachteten und bewunderten uns beide, nur er nicht. Wenn also Feofan geschnalzt hatte und ich mich in die Riemen gelegt hatte und wir respektvoll im Schritt vorgefahren waren und angehalten hatten, dann schielte ich nach dem Fürsten hin und schüttelte meinen Vollblutkopf mit dem feinen Haarschopf ... War der Fürst besonders guter Laune, so scherzte er auch zuweilen mit Feofan. Dieser antwortete, indem er seinen schönen Kopf kaum drehte; dann, ohne die Arme sinken zu lassen, machte er eine fast unmerkliche, aber für mich verständliche Bewegung mit den Zügeln, und eins, zwei, eins, zwei, mit immer längeren Schritten, an jedem Muskel zitternd, trabte ich los und schleuderte Schnee und Schmutz unter den Vorderteil des Schlittens. Damals existierte auch noch nicht die heutige dumme Mode, ›Oh!‹ zu schreien, als ob dem Kutscher etwas weh täte, statt des verständlichen ›Heda!Vorgesehen!‹ – ›Heda!Vorgesehen!‹, schrie Feofan, und die Leute traten zur Seite und blieben stehen und reckten die Hälse und blickten nach dem schönen Wallach und dem schönen Kutscher und dem schönen Herrn ...

Besonderes Vergnügen machte es mir, einen Traber zu überholen. Manchmal, wenn ich und Feofan von weitem ein Gefährt erblickten, das unserer Anstrengung würdig war, so rückten wir ihm, wie ein Wirbelwind dahinsausend, allmählich näher und näher. Nun war ich schon, Schmutz gegen die Rückenlehne des Schlittens schleudernd, mit dem Darinsitzenden in einer Linie und schnob über seinem Kopf; nun erreichte ich das Rückenpolster des Pferdes, nun das Krummholz, und nun sah ich Schlitten und Pferd nicht mehr und hörte nur von hinten her das immer weiter zurückbleibende Geräusch. Aber der Fürst und Feofan und ich, wir schwiegen alle und taten, als ob wir nur so ganz harmlos dahinführen, nur mit unseren eigenen Angelegenheiten beschäftigt, und als ob wir die mit ruhigeren Pferden bespannten Gefährte, die wir auf dem Wege träfen, überhaupt nicht beachteten. Es machte mir Vergnügen, einen guten Traber zu überholen; aber es machte mir auch Vergnügen, einem solchen zu begegnen. Ein Augenblick, ein Laut, ein Blick, und schon waren wir aneinander vorbei und jagten wieder allein weiter, ein jeder nach seiner Seite ...«

Das Tor knarrte; und Nestors und Waskas Stimmen wurden hörbar.

Die fünfte Nacht

Das Wetter war umgeschlagen. Es war trüb, und am Morgen hatte es nicht getaut; aber es war warm, und die Mücken waren zudringlich. Sobald am Abend die Herde wieder eingetrieben war, sammelten sich die Pferde um den Schecken, und er beendete seine Geschichte folgendermaßen:

»Die glückliche Zeit meines Lebens nahm bald ein Ende. Ich verlebte in dieser Weise nur zwei Jahre. Am Ende des zweiten Winters begab sich das freudigste Ereignis meines Lebens, und gleich darauf mein größtes Unglück. Es war in der Butterwoche. Ich fuhr den Fürsten zum Trabrennen. An diesem Rennen nahmen die Traber Atlasnü und Bütschok teil. Ich weiß nicht, was die Herren dann im Pavillon machten. Ich weiß nur, dass der Fürst herauskam und seinem Feofan Befehl gab, auf die Rennbahn zu fahren. Ich erinnere mich, wie ich auf die Bahn gelenkt und aufgestellt wurde, und wie mit Atlasnü dasselbe geschah. Atlasnü lief mit einem Nebenreiter, ich aber, so wie ich war, mit dem Stadtschlitten. Bei der Kurve ließ ich ihn hinter mir. Jubelndes Lachen und Ausrufe des Entzückens begrüßten mich.

Als ich umhergeführt wurde, ging ein ganzer Schwarm Menschen hinter mir her. Wohl von fünf Seiten wurden dem Fürsten Tausende für mich geboten. Aber er lachte nur, sodass seine weißen Zähne blitzten.

›Nein‹, sagte er, ›dieses Pferd ist geradezu mein Freund; nicht für Berge Goldes gebe ich es hin. Auf Wiedersehen, meine Herren!‹

Er knöpfte den Schlittenkorb auf und stieg ein.

›Nach der Ostoschenka!‹

Dort wohnte seine Geliebte. Wir flogen dorthin.

Dies war unser letzter glücklicher Tag. Wir kamen bei ihr an. Er hatte sie immer die Seine genannt; aber sie hatte sich in einen anderen verliebt und war mit dem davongefahren. Dies erfuhr er jetzt in ihrer Wohnung. Es war fünf Uhr, und ohne mich ausspannen zu lassen, fuhr er ihr nach. Was sonst noch nie geschehen war: Ich wurde mit der Peitsche geschlagen, damit ich Galopp laufen sollte. Zum ersten Mal begegnete es mir, dass ich mit der Gangart nicht sogleich zurechtkam; ich schämte mich und wollte den Fehler wiedergutmachen; aber auf einmal hörte ich, wie der Fürst mit ganz entstellter Stimme schrie: ›Hau zu!‹ Die Peitsche pfiff durch die Luft, und ich fühlte den brennenden Schmerz eines furchtbaren Hiebes; ich galoppierte dahin, sodass ich mit dem Fuß gegen das Eisen am Vorderteil des Schlittens schlug. Nach fünfundzwanzig Werst holten wir die Entflohenen ein. Ich hatte ihn zu seinem Ziel gebracht; aber ich zitterte die ganze Nacht und konnte nichts fressen. Am Morgen gab man mir Wasser. Ich trank und hörte für mein Leben lang auf, das Pferd zu sein, das ich gewesen war. Ich wurde krank; man quälte mich und machte mich zum Krüppel: Kurieren nennen das die Menschen. Die Hufe gingen mir ab, es bildete sich Venenerweiterung, die Beine zogen sich krumm, die Brust versagte, Mattheit und Schwäche zeigten sich im ganzen Körper. Ich wurde an einen Pferdehändler verkauft. Er fütterte mich mit Mohrrüben und mit noch etwas anderem und machte aus mir ein Ding, das mir selbst gar nicht ähnlich war, das aber einen Nichtkenner täuschen konnte. Ich hatte keine Kraft und keinen rechten Gang mehr.

Außerdem quälte mich der Pferdehändler auch dadurch, dass er, sobald Käufer erschienen, in meinen Stand kam, mich mit einer großen Peitsche schlug und so ängstigte, dass er mich geradezu rasend machte. Dann wischte er die Striche, die mein Fell von den Peitschenhieben aufwies, ab und führte mich hinaus.

Von dem Pferdehändler kaufte mich eine alte Dame. Sie fuhr immer zur Kirche des heiligen Nikolaus und ließ ihren Kutscher sehr oft durchpeitschen. Der Kutscher weinte häufig in meinem Stand, und ich lernte auf diese Art, dass Tränen einen angenehmen salzigen Geschmack haben. Dann starb die alte Dame. Ihr Gutsverwalter nahm mich aufs Land und verkaufte mich an einen herumziehenden Krämer; da überfraß ich mich an grünem Weizen und wurde noch kränker. Ich wurde an einen Bauern verkauft. Bei dem musste ich den Pflug ziehen, bekam fast nichts zu fressen, und er brachte mir mit der Pflugschar eine böse Schnittwunde am Fuß bei. Ich wurde wieder krank. Ein Zigeuner tauschte mich ein. Er peinigte mich furchtbar und verkaufte mich schließlich an den hiesigen Gutsverwalter. So bin ich hierher gekommen ...«

Alle schwiegen. Es begann, leise zu regnen.

9.

Als die Herde am folgenden Abend nach Hause zurückkehrte, traf sie am Tor den Herrn mit einem Gast. Schuldüba, die den anderen voran sich dem Pferdehof näherte, schielte nach den beiden Männergestalten hin: Der eine war der junge Gutsherr, mit einem Strohhut auf dem Kopf; der andere ein hochgewachsener, dicker Militär mit aufgedunsenem Gesicht. Die alte Stute warf den beiden einen schrägen Blick zu und ging, den fremden Herrn gegen den Pfosten drängend, vorüber; aber die anderen, jüngeren Tiere wurden unruhig und statisch, besonders als der Herr und sein Gast gerade mitten unter die Herde traten, einander dies und das zeigten und darüber sprachen.

»Den grauen Apfelschimmel da habe ich von Wojeikow gekauft«, bemerkte der Gutsherr.

»Und diese da, die junge Rappstute mit den weißen Füßen, wo ist die her? Ein hübsches Tier!«, sagte der Gast. So musterten sie noch viele Pferde, indem sie ihnen entgegenliefen und sie zum Stehen brachten. Auch die braune Stute fand besondere Beachtung.

»Die stammt von den Reitpferden in Chrenowo; von denen ist noch ein Stamm bei mir übrig«, erklärte der Gutsherr.

Sie hatten nicht alle Pferde, während diese vorbeigingen, betrachten können und traten daher noch in den Hof. Der Gutsherr rief Nestor zu, und der Alte kam eilig im Trab nach vorn geritten, wobei er den Schecken, um ihn anzutreiben, heftig mit den Absätzen in die Seiten stieß. Der Schecke hinkte, da er immer mit dem einen Fuß niederkniete; aber er lief so eifrig, dass man sah, er würde in keinem Fall murren, und wenn man ihm befehlen würde, so mit Aufbietung aller

Kräfte bis ans Ende der Welt zu laufen. Er bekundete sogar seine Bereitwilligkeit, Galopp zu laufen, und setzte dazu mit dem rechten Fuß an.

»Sieh mal, ein besseres Pferd als diese Stute – das kann ich kühn behaupten – gibt es in ganz Russland nicht«, sagte der Gutsherr, auf eine der Stuten weisend. Auch der Gast lobte das Tier. Der Gutsherr ging und lief mit großer Lebhaftigkeit hin und her, zeigte seinem Gast die einzelnen Pferde und erzählte die Geschichte und die Abstammung eines jeden von ihnen.

Dem Gast wurde es augenscheinlich langweilig, das Gerede des Gutsherrn anzuhören; er sagte zerstreut: »Ja, ja«, und zwang sich dazu, ein paar Fragen zu stellen, damit es aussehen sollte, als interessiere er sich für das Gesagte.

»Sieh nur«, sagte der Gutsherr, ohne auf die letzte Frage zu antworten, »diese Beine, sieh nur … Ich habe eine schöne Summe für die Stute bezahlt; aber ich habe auch schon einen Dreijährigen von ihr, der mit dem Wagen läuft.«

»Läuft er gut?«, fragte der Gast.

So musterten sie fast alle Pferde, und es war schließlich nichts mehr übrig zu zeigen. Beide verstummten.

»Nun, wie ist's? Wollen wir gehen?«

»Ich bin bereit.« Sie gingen ins Tor, um den Pferdehof zu verlassen. Der Gast freute sich, dass die Besichtigung der Pferde ein Ende hatte und er nun in das Herrenhaus gehen konnte, wo es etwas zu essen, zu trinken und zu rauchen geben werde; er wurde sichtlich heiterer. Als er an Nestor vorbeikam, der, weiterer Befehle gewärtig, auf dem Schecken saß, klopfte der Gast mit seiner großen, fleischigen Hand dem Schecken auf die Kruppe.

»Sieh, was für ein bunter alter Bursche!«, sagte er. »Ganz ebenso einen Schecken habe ich auch einmal gehabt; ich habe dir davon erzählt; besinnst du dich?«

Als der Gutsherr merkte, dass nicht mehr von seinen eigenen Pferden gesprochen wurde, hörte er nicht weiter zu, wandte sich um und betrachtete noch einmal seine Herde.

Plötzlich hörte er dicht bei seinem Ohr ein töricht klingendes, schwaches, greisenhaftes Wiehern. Es war der Schecke, der zu wiehern angefangen hatte; aber er brachte sein Gewieher nicht zu Ende, sondern brach, wie verlegen, mitten darin ab.

Weder der Gast noch der Gutsherr achteten weiter auf dieses Wiehern; sie gingen nach dem Herrenhaus. Leinwandmesser hatte in dem alt aussehenden Mann mit dem aufgedunsenen Gesicht seinen ehemaligen geliebten Herrn wiedererkannt, den einst so glänzenden, reichen, schönen Fürsten Serpuchowskoi.

10.

Der Sprühregen dauerte immer noch fort. Auf dem Pferdehof sah es trübe und düster aus; ganz anders im Herrschaftsgebäude. In dem prunkvollen Salon war der Tisch für den Abendtee in luxuriöser Weise zurechtgemacht. Am Teetisch saßen der Wirt, die Wirtin und der heute eingetroffene Gast. Die neben dem Samowar sitzende Wirtin war in anderen Umständen, was an ihrem sich hebenden Unterleib, an ihrer geraden, zurückgebogenen Haltung, an ihrer gesamten Körperfülle und namentlich an ihren großen, sanft und würdevoll gleichsam nach innen blickenden Augen sehr deutlich zu merken war.

Der Hausherr hielt in der Hand ein Kistchen besonders guter, zehn Jahre alter Zigarren, wie sie seiner Behauptung nach in gleicher Vortrefflichkeit sonst niemand besaß, und prahlte damit vor dem Gast. Er war ein schöner Mann von etwa fünfundzwanzig Jahren, von frischem Wesen, mit wohlgepflegtem Körper, sorgsam frisiert. Er trug im Haus einen neuen, bequemen, in London gearbeiteten Anzug, alles aus demselben dicken Stoff. An der schweren goldenen Uhrkette hatte er große, wertvolle Berlocken hängen. Die großen Hemdknöpfe waren gleichfalls von massivem Gold und mit Türkisen besetzt. Den Bart trug er *à la Napoleon III.*, und die Schnurrbartenden waren so schön pomadisiert und steif gedreht, dass man es in Paris nicht besser hätte zuwege bringen können.

Die Dame trug ein Kleid von Seidenmusselin mit einem Muster von großen bunten Blumenbuketts und auf dem Kopf eigentümliche große goldene Haarspangen in dem dichten, rötlichen Haar, das, wenn es auch nicht alles ihr eigenes war, doch schön aussah. An den Armen und Fingern trug sie viele Armbänder und Ringe, alle von bedeutendem Wert.

Der Samowar war von Silber, das Teeservice von feinem Porzellan. Ein Diener, der in Frack, weißer Weste und weißer Halsbinde einen großartigen Eindruck machte, stand wie eine Bildsäule an der Tür und harrte der Befehle. Die Möbel waren von gebogenem, hellfarbigem Holz, die Tapeten dunkel, großgeblümt. Neben dem Tisch klingelte mit seinem silbernen Halsband ein außerordentlich schlankes Windspiel umher, das einen überaus schwierigen englischen Namen führte, den sie beide falsch aussprachen, weil sie kein Englisch verstanden.

In einer Ecke stand zwischen hohen blühenden Gewächsen ein Fortepiano mit eingelegter Arbeit auf dem Deckel. Alles machte den Eindruck der Neuheit, des Luxus und der Eleganz. Es war alles sehr schön; aber alles trug den besonderen Stempel der Übertreibung, des Prahlens mit dem Reichtum und des Mangels an geistigen Interessen.

Der Hausherr war ein Liebhaber des Trabersports, ein kräftiger, sanguinischer Mann; er gehörte zu der nie aussterbenden Gattung jener Leute, die in Zobelpelzen ausfahren, den Schauspielerinnen teure Buketts zuwerfen, den teuersten Wein, der die neueste Mode ist, in den teuersten Restaurants trinken, bei den Wettrennen Preise mit ihren Namen aussetzen und sich die teuerste Geliebte halten.

Der Gast, Nikita Serpuchowskoi, war ein Mann von ungefähr vierzig Jahren, hochgewachsen, dick, kahlköpfig, mit großem Schnurr- und Backenbart. Er musste früher ein sehr schöner Mann gewesen sein. Jetzt aber war er offenbar in physischer, moralischer und pekuniärer Hinsicht arg heruntergekommen.

Er hatte so viele Schulden, dass er sich genötigt sah, in den Staatsdienst zu treten, um nicht in das Schuldgefängnis wandern zu müssen. Er reiste jetzt nach der Gouvernementshauptstadt, wo er eine Stelle als Gestütsdirektor übernehmen sollte. Diese Stelle hatten ihm hochgestellte Verwandte verschafft.

Er trug eine militärische Litewka und blaue Beinkleider. Beide Kleidungsstücke waren von der Art, wie sie eigentlich nur sehr reiche Leute sich anschaffen, ebenso die Wäsche; auch seine Uhr war englisches Fabrikat. Seine Stiefel hatten wunderliche fingerdicke Sohlen.

Nikita Serpuchowskoi hatte in seinem Leben ein Vermögen von zwei Millionen Rubel durchgebracht und war dazu noch hundertundzwanzigtausend Rubel schuldig geblieben. Von einem solchen Kapital bleibt immer noch eine Art von Nachwirkung zurück, die dem Betreffenden Kredit verschafft und ihm die Möglichkeit gewährt, noch zehn Jahre lang fast luxuriös weiterzuleben.

Aber diese zehn Jahre waren nun auch schon vorbei, die Nachwirkung hatte aufgehört, und nun begann für Nikita ein trauriges Leben. Er fing schon an zu trinken, das heißt sich zu berauschen, was früher nicht seine Art gewesen war. Zu trinken, im milderen Sinn, hatte er eigentlich nie angefangen und nie aufgehört. Am deutlichsten aber war sein Niedergang an seinem unruhigen Blick zu erkennen (seine Augen liefen nach allen Seiten umher) und an der mangelnden Festigkeit in seiner Redeweise und in seinen Bewegungen. Diese Unruhe fiel deswegen auf, weil man merkte, dass sie offenbar erst vor kurzem über ihn gekommen war; denn man sah ihm an, dass er lange Zeit, sein ganzes Leben lang, gewohnt gewesen war, niemanden und nichts zu fürchten, und dass er erst jetzt, erst unlängst, durch schweres Leid zu dieser Ängstlichkeit gekommen war, die so gar nicht in seiner Natur lag.

Der Wirt und die Wirtin bemerkten das und wechselten einen Blick miteinander; augenscheinlich verstanden sie sich wechselseitig und wollten nur eine nähere Erörterung dieses Gegenstandes bis zum Schlafengehen verschieben. Sie ertrugen den armen Nikita mit Geduld und behandelten ihn sogar liebenswürdig.

Der Anblick des Glückes des jungen Gutsherrn wirkte auf Nikita niederdrückend und erweckte in ihm durch die Erinnerung an seine eigene unwiederbringliche Vergangenheit ein schmerzliches Gefühl des Neides.

»Wird Sie eine Zigarre nicht belästigen, Marie?«, fragte er in jenem besonderen Ton, den man sich nur durch praktische Übung zu eigen machen kann, in jenem höflichen, freundschaftlichen, aber nicht durchaus achtungsvollen Ton, in welchem weltkundige Männer mit ausgehaltenen Damen im Gegensatz zu Ehefrauen sprechen. Nicht dass er die Wirtin hätte kränken wollen; im Gegenteil, er hatte jetzt vielmehr den Wunsch, ihre und des Hausherrn Gunst zu gewinnen, obgleich er das sich selbst um keinen Preis eingestanden hätte. Aber er war es einmal schon gewohnt, mit solchen Damen so zu sprechen. Er wusste, dass sie sich selbst gewundert und es vielleicht sogar als Beleidigung aufgefasst hätte, wenn er sie so wie eine verheiratete Dame behandelt hätte. Außerdem musste er noch eine gewisse Nuance der Ehrerbietigkeit des Tones in Reserve behalten für eine etwaige spätere wirkliche Frau seines Standesgenossen. Er behandelte solche Damen wie die anwesende immer respektvoll, aber nicht etwa weil er die sogenannten »Überzeugungen« geteilt hätte, die in den Zeitungen gepredigt werden (derartiges dummes Zeug las er überhaupt niemals), über die Achtung vor der Persönlichkeit eines jeden Menschen, über die Bedeutungslosigkeit der Ehe und so weiter, sondern weil sich alle anständigen Leute so benehmen und er ein anständiger Mensch war, wenn auch ein heruntergekommener.

Er nahm eine Zigarre. Aber der Hausherr fasste mit einer ungeschickten Bewegung eine ganze Handvoll Zigarren und bot sie dem Gast an.

»Hier, nimm nur! Du wirst sehen, dass sie gut sind. Nimm nur!«

Nikita lehnte die Zigarren mit einer abwehrenden Handbewegung ab, und über seine Augen huschte ein ganz leiser Schimmer, als ob er sich gekränkt fühle und sich schäme.

»Danke.« Er zog seine Zigarrentasche heraus. »Versuche doch einmal meine.«

Die Wirtin hatte ein feines Gefühl. Sie hatte seine Verstimmung bemerkt und beeilte sich, ein Gespräch mit ihm anzuknüpfen.

»Ich habe den Zigarrendampf sehr gern; ich würde selbst rauchen, wenn nicht immer schon alle um mich herum rauchten.«

Sie lächelte ihm mit ihrem schönen, gutmütigen Gesicht zu, und er lächelte zur Erwiderung in seiner unsicheren Art; es fehlten ihm zwei Zähne.

»Nein, nimm doch lieber diese Zigarre!«, fuhr der nicht so feinfühlige Hausherr fort. »Die anderen da sind leichter. Fritz, bringen Sie noch eine Kiste«, sagte er auf deutsch zu dem Diener, »dort stehen zwei.«

Der deutsche Diener brachte noch eine andere Kiste.

»Was für eine Sorte rauchst du am liebsten? Große, kräftige? Diese hier sind sehr gut. Nimm sie dir doch alle!«, fuhr er fort und schob sie ihm hin.

Er war offenbar froh, dass er jemanden hatte, dem gegenüber er mit seinen Kostbarkeiten prahlen konnte, und merkte nichts. Serpuchowskoi zündete sich eine Zigarre an und beeilte sich, das vorher begonnene Gespräch fortzusetzen.

»Also wie viel hast du für Atlasnü gegeben?«, fragte er.

»Eine gehörige Summe, ganze fünftausend Rubel. Aber wenigstens habe ich schon meine Sicherstellung. Das ist eine Nachkommenschaft, sage ich dir!«

»Laufen sie mit dem Wagen?«, fragte Serpuchowskoi.

»Ja, und ganz ausgezeichnet. Ein Sohn von Atlasnü hat neulich drei Preise gewonnen: in Tula, in Moskau und in Petersburg. Er lief mit Wojeikows Rappen Woron.«

»Der ist etwas feucht. Stark holländisch, kann ich dir sagen«, bemerkte Serpuchowskoi.

»Na, und was ich auch für die Mutterpferde gegeben habe! Ich werde sie dir morgen genauer zeigen. Für Dobrünja habe ich dreitausend Rubel gegeben; für Laskowaja zweitausend.«

Und wieder begann der Hausherr seine kostbaren Besitztümer aufzuzählen. Die Dame sah, dass dies dem Gast unangenehm war und er nur mit erheuchelter Aufmerksamkeit zuhörte.

»Trinken Sie noch Tee?«, fragte sie den Hausherrn.

»Nein«, erwiderte dieser und fuhr in seiner Erzählung fort. Sie erhob sich; der Hausherr hielt sie zurück, umarmte und küsste sie.

Serpuchowskoi verzog bei diesem Anblick sein Gesicht aus Höflichkeit zu einem Lächeln, einem gezwungenen Lächeln; aber als der Hausherr aufstand, die Dame umschlang und so mit ihr bis an die Portiere ging, da veränderte sich Nikitas Miene plötzlich; er seufzte schwer auf, und auf seinem aufgedunsenen Gesicht malte sich auf einmal die reine Verzweiflung. Ja, sogar ein Ausdruck von grimmiger Wut lag darin.

Der Hausherr kehrte zurück und setzte sich lächelnd Nikita gegenüber. Beide schwiegen.

11.

»Ja, du sagtest, du hättest von Wojeikow Pferde gekauft«, sagte Serpuchowskoi in lässigem Ton.

»Ja, ich habe dir ja gesagt: Atlasnü habe ich von dem gekauft. Ich hätte gern Stuten von Dubowizki gekauft. Aber es war nur noch schlechtes Zeug übrig.«

»Der ist verkracht«, sagte Serpuchowskoi, stockte aber plötzlich und sah sich um. Es war ihm eingefallen, dass er diesem selben

Verkrachten zwanzigtausend Rubel schuldete, und dass, wenn man jemanden »verkracht« nennen wollte, diese Bezeichnung ganz besonders für ihn selbst zutraf. Er lachte auf.

Wieder schwiegen beide längere Zeit. Der Hausherr überdachte im Kopf seine Besitztümer, um noch etwas auszusuchen, womit er vor seinem Gast prahlen könne; Serpuchowskoi aber sann darüber nach, womit er wohl zeigen könne, dass er sich nicht für verkracht halte. Aber bei beiden arbeitete der Denkapparat träge, obgleich sie sich durch die Zigarren aufzumuntern suchten.

»Nun, wann wird es denn etwas zu trinken geben?«, dachte Serpuchowskoi.

»Wir müssen notwendig trinken; sonst stirbt man ja in seiner Gesellschaft vor Langeweile«, dachte der Hausherr.

»Also, wie denkst du denn? Wirst du noch lange auf dem Gut bleiben?«, fragte Serpuchowskoi.

»Etwa noch einen Monat. Wie ist's? Wollen wir Abendbrot essen? Fritz, ist alles bereit?«

Sie gingen in das Speisezimmer. Dort stand unter der Lampe ein Tisch, mit Kerzen und allerlei ungewöhnlichen Sachen besetzt: da waren Siphons, und Pfropfen mit Püppchen darauf, und auserlesener Wein in Karaffen, und auserlesene kalte Speisen, und Schnaps. Sie tranken, sie aßen, sie tranken wieder, sie aßen wieder, und es kam ein Gespräch in Gang. Serpuchowskoi war ganz rot im Gesicht geworden und redete nun ohne seine sonstige Schüchternheit.

Sie sprachen von Weibern; was für eine sich dieser und jener gehalten hatte: eine Zigeunerin, eine Tänzerin, eine Französin.

»Na, und du hast damals der Mathieu den Laufpass gegeben?«, fragte der Hausherr.

So hatte die Geliebte geheißen, welche Serpuchowskois Ruin geworden war.

»Nicht ich ihr, sondern sie mir. Ach, Bruder, wenn ich so daran denke, was ich in meinem Leben für Geld verschwendet habe! Jetzt bin ich wahrhaftig froh, wenn ich tausend Rubel auftreibe, und bin froh, wenn ich von allen Menschen weit weg bin, wahrhaftig. In Moskau zu leben ist mir geradezu unmöglich. Ach, wozu noch davon reden!«

Dem Hausherrn war es langweilig, seinem Gast zuzuhören. Er wollte von sich sprechen und prahlen. Serpuchowskoi aber wollte auch von sich sprechen, nämlich von seiner glänzenden Vergangenheit. Der Hausherr goss ihm Wein ein und wartete nur darauf, dass der andere aufhören möchte zu reden, um ihm dann von sich zu erzählen, welche Einrichtungen er jetzt in seinem Gestüt getroffen habe, Einrichtungen, wie sie noch nie jemand gehabt habe, und dass seine Marie ihn nicht nur um des Geldes willen liebe, sondern wirklich von Herzen.

»Ich wollte dir noch sagen, dass in meinem Gestüt ...« begann er. Aber Serpuchowskoi unterbrach ihn.

»Es gab eine Zeit, kann ich dir sagen«, fing er an, »wo ich gern lebte und zu leben verstand. Du sprachst da vom Fahren; nun, dann sag doch mal, welches ist denn dein schnellstes Pferd?«

Der Hausherr war froh über die Möglichkeit, von seinem Gestüt weitererzählen zu können, und wollte schon damit anfangen; aber Serpuchowskoi unterbrach ihn von neuem.

»Ja, ja«, sagte er. »Ihr Gestütsbesitzer tut ja alles nur aus Eitelkeit, nicht um des wahren Vergnügens willen, nicht für das praktische Leben. Bei mir war das anders. Ich habe dir heute schon gesagt, dass ich ein Wagenpferd hatte, einen Schecken, geradeso einen wie der, auf dem dein Pferdehüter reitet. Ach, das war mal ein Pferd! Du kannst es nicht gekannt haben; es war im Jahre 42; ich war eben nach Moskau gekommen, da ging ich zu einem Pferdehändler und sah einen scheckigen Wallach. Schön proportioniert! Er gefiel mir. ›Preis?‹ – ›Tausend Rubel.‹ Er gefiel mir, ich nahm ihn und fuhr mit ihm, Ein solches Pferd habe ich nie wieder gehabt, und auch du hast kein solches, und es wird so ein Pferd nie wieder geben. Ich habe nie ein besseres Pferd gekannt, was Gang und Kraft und Schönheit anlangt. Du warst damals noch ein Knabe und kannst es nicht gekannt haben; aber ich denke mir, du hast von ihm gehört. Ganz Moskau kannte das Tier.«

»Ja, ich habe von ihm gehört«, erwiderte der Hausherr missmutig. »Aber ich wollte dir von meinen ...«

»Also du hast von ihm gehört. Ich hatte ihn so ohne alles gekauft, ohne Stammbaum und ohne Zeugnisse; erst später erfuhr ich, wie es damit stand. Wojeikow und ich, wir haben es herausgebracht. Er war ein Sohn von Ljubesnü I. und hieß Leinwandmesser, weil er so lief, wie wenn einer Leinwand misst. Wegen seiner Buntscheckigkeit hatte man ihn auf dem Gestüt in Chrenowo dem Stallmeister gegeben, und der hatte ihn kastrieren lassen und an den Pferdehändler verkauft. Solche Pferde gibt es jetzt gar nicht mehr, lieber Freund. Ach, das war eine schöne Zeit! ›O du goldne Jugendzeit!‹«, sang er aus einem bekannten Zigeunerlied. Er begann betrunken zu werden. »Ja, das war eine schöne Zeit! Ich war fünfundzwanzig Jahre alt; ich hatte achtzigtausend Rubel jährliches Einkommen, noch kein einziges graues Haar, sämtliche Zähne, wie Perlen. Was ich angriff, gelang mir … Und nun ist alles zu Ende …«

»Aber Pferde mit solchem Feuer gab es damals nicht«, sagte der Hausherr, indem er sich die Unterbrechung zunutze machte. »Ich sage dir, meine ersten Pferde gingen ohne …«

»Ach was, deine Pferde! Damals gab es feurigere …«

»Das kann ich kaum glauben.«

»Doch, doch! Ich erinnere mich, als ob es heute gewesen wäre, wie ich einmal in Moskau zu einem Trabrennen fuhr; vor meinem Schlitten hatte ich den Schecken. Eigene Pferde von mir liefen nicht. Ich liebte Traber nicht; ich hielt mir Vollblutpferde: General Cholet, Mahomet. Also ich fuhr mit dem Schecken. Mein Kutscher war ein prächtiger Bursche; ich hatte ihn sehr gern. Er hat sich auch dem Trunk ergeben. Also ich kam an.

›Serpuchowskoi‹, sagten da ein paar Bekannte zu mir, ›wann wirst du dir denn Traber anschaffen?‹ – ›Ach, eure Bauernpferde‹, antwortete ich, ›mag der Teufel holen. Der Schecke, den ich vor meinem Schlitten habe, überholt eure Pferde alle.‹ – ›Das würde ihm nun doch nicht gelingen.‹ – ›Ich wette auf tausend Rubel.‹ Sie waren Feuer und Flamme; wir ließen die Pferde laufen. In fünf Sekunden war meiner weit voran; ich hatte tausend Rubel gewonnen. Und was sagst du dazu? Ich bin mit Vollblutpferden vor einer Troika hundert Werst in drei Stunden gefahren. Ganz Moskau weiß es.«

Und Serpuchowskoi schwatzte so geläufig und ununterbrochen weiter, dass der Hausherr nicht ein einziges Wort dazwischenreden konnte und ihm mit trübseligem Gesicht gegenübersaß; er konnte sich nur damit zerstreuen, dass er sich und ihm Wein in die Gläser goss.

Der Tag fing schon an zu dämmern; aber sie saßen immer noch da. Der Hausherr langweilte sich schrecklich. Er stand auf.

»Na, wenn wir schlafen gehen wollen, meinetwegen!«, sagte Serpuchowskoi, erhob sich und ging schwankend und schwer atmend nach dem ihm angewiesenen Zimmer.

Der Hausherr lag bei seiner Geliebten. »Nein, es ist ein unerträglicher Mensch. Betrinkt sich und schwatzt ohne Unterbrechung.«

»Und mir macht er den Hof.«

»Ich fürchte, er wird mich anpumpen wollen.«

Serpuchowskoi lag unausgekleidet auf dem Bett und keuchte.

»Ich glaube, ich habe viel zusammengeschwatzt«, dachte er. »Na, ganz egal! Der Wein war gut; aber der Kerl ist ein großer Lump. Eine Krämerseele. Und ich bin auch ein großer Lump!«, sagte er zu sich selbst und lachte auf. »Ehemals habe ich Frauenzimmer ausgehalten, und jetzt halten sie mich aus. Ja, die Winkler hält mich aus; ich nehme Geld von ihr an. Und es ist auch ganz in der Ordnung so. Aber ich muss mich ausziehen. Die Stiefel kriege ich nicht aus. Heda! Heda!«, rief er; aber der ihm zugewiesene Diener war schon längst schlafen gegangen. Er setzte sich hin und zog die Litewka und die Weste aus; auch die Hosen trat er sich mit einiger Mühe von den Beinen herunter. Aber die Stiefel vermochte er lange nicht auszuziehen; sein weicher Bauch war ihm hinderlich. Mit Not und Mühe bekam er den einen aus; aber mit dem anderen quälte er sich lange vergebens ab; schließlich war er ganz erschöpft und außer Atem. Und so warf er sich denn, mit dem einen Fuß noch im Stiefelschaft, auf das Bett nieder, begann zu schnarchen und erfüllte das ganze Zimmer mit dem Geruch von Tabak, Wein und greisenhafter Unsauberkeit.

12.

Wenn Leinwandmesser in dieser Nacht wieder seinen Erinnerungen nachhängen wollte, so riss ihn Waska aus solchen Gedanken heraus. Er warf ihm eine Decke über und sprengte auf ihm davon. Bis zum Morgen ließ er ihn vor der Tür der Schenke neben einem Bauernpferd stehen. Sie beleckten sich gegenseitig. Am Morgen kam Leinwandmesser wieder zur Herde und kratzte sich unaufhörlich.

»Da juckt es mich ja ganz nichtswürdig«, dachte er.

So vergingen fünf Tage. Der Rossarzt wurde gerufen. Der sagte höchst vergnügt:

»Das ist Räude. Verkaufen Sie ihn an die Zigeuner.«

»Wozu? Dann mag er lieber abgestochen werden, aber schnell, damit er einem bald aus den Augen kommt.«

Es war ein stiller, klarer Morgen. Die Herde war auf das Feld gegangen; Leinwandmesser war zu Hause geblieben. Da kam ein sonderbarer, hagerer, schwarzhaariger, schmutziger Mann, dessen Rock ganz mit etwas Schwarzem bespritzt war. Das war der Abdecker. Er ergriff, ohne den Schecken anzusehen, den Riemen des Halfters, das man ihm angelegt hatte, und führte ihn weg. Leinwandmesser ging ruhig mit, ohne sich umzusehen; wie immer schleppte er die Beine nur mühsam weiter und verwickelte sich mit den Hinterfüßen im Stroh.

Als er aus dem Tor herauskam, streckte er den Hals nach dem Brunnen hin; aber der Abdecker zog ihn fort und sagte: »Das hat keinen Zweck.«

Der Abdecker und Waska, der ihm folgte, gingen nach einer kleinen Talmulde hinter dem Ziegelschuppen und machten da halt, als ob an diesem ganz gewöhnlichen Ort etwas Besonderes wäre. Der Abdecker übergab Waska das Halfter, zog sich den Rock aus, streifte die Hemdsärmel auf und holte aus dem Stiefelschaft ein Messer und einen Schleifstein hervor. Der Wallach reckte den Kopf nach dem Riemen hin; er wollte aus Langeweile daran kauen; aber er konnte ihn nicht erreichen. Er seufzte und schloss die Augen. Seine Unterlippe hing herab, sodass die abgenutzten gelben Zähne sichtbar wurden, und er schlummerte bei dem Geräusch des Messerwetzens ein. Nur das kranke Bein mit der Beule, das er seitwärts herausgestellt hatte, zuckte mitunter. Plötzlich fühlte er, dass ihn jemand unter den Unterkiefer fasste und ihm den Kopf in die Höhe hob. Er öffnete die Augen. Vor ihm befanden sich zwei Hunde. Der eine schnupperte nach dem Abdecker hin; der andere saß da und blickte den Wallach an, als ob er gerade von diesem etwas erwartete. Der Wallach sah sie an und rieb sich mit dem Backenknochen an der Hand, die ihn hielt.

»Sie wollen mich gewiss wieder kurieren«, dachte er. »Nun, meinetwegen!« Und wirklich fühlte er, dass etwas mit seiner Kehle vorgenommen wurde. Er empfand einen Schmerz, zuckte zusammen, schlenkerte mit einem Bein; aber er hielt sich aufrecht und wartete, was nun weiter kommen werde. Was weiter kam, war, dass ihm etwas Flüssiges in großem Strom über den Hals und die Brust lief. Er seufzte so tief, dass sich sein ganzer Leib bewegte. Und es wurde ihm leichter, weit leichter.

Der ganze schwere Druck des Lebens war von ihm genommen!

Er schloss die Augen und neigte den Kopf – niemand hielt ihn ihm fest. Dann begannen seine Beine zu zittern, der ganze Körper zu schwanken. Er war darüber nicht sowohl erschrocken als vielmehr verwundert ...

Alles war ihm so neu. Er wunderte sich und machte eine krampfhafte Bewegung nach vorn, nach oben ... Aber vergebens; die Beine verschoben sich zwar von ihrer Stelle, versagten aber dann den Dienst; er neigte sich zur Seite, und als er die Füße anders zu setzen versuchte, fiel er nach vorn und auf die linke Seite nieder.

Der Abdecker wartete, bis die Zuckungen aufgehört hatten, und jagte die Hunde weg, die näher herangerückt waren. Dann ergriff er den Wallach an den Beinen, drehte ihn auf den Rücken, befahl Waska, das eine Bein festzuhalten, und machte sich daran, das Fell abzuziehen.

»Es war ein ganz brauchbares Pferd«, bemerkte Waska.

»Wenn das Tier nur nicht so abgemagert wäre, dann wäre das Fell ganz gut«, sagte der Abdecker.

Die Herde kam am Abend auf der Anhöhe vorüber, und diejenigen Tiere, die am linken Rand der Herde gingen, sahen unten etwas Rotes, womit sich die Hunde eifrig zu schaffen machten; darüber flogen Krähen und Geier. Der eine Hund hatte die Vorderbeine gegen den Kadaver gestemmt und riss, mit dem Kopf hin und her schlagend, das, was er gepackt hatte, mit hörbarem Geräusch ab. Die braune Stute blieb stehen, streckte den Kopf und den Hals aus und zog lange die Luft ein. Nur mit Mühe konnte sie weitergetrieben werden.

In dem alten Wald, unten in einer dicht mit Gestrüpp bewachsenen Schlucht, heulten zur Zeit des Frührots auf einer kleinen freien Stelle vergnügt etliche großköpfige junge Wölfe. Es waren ihrer fünf: vier fast gleich große und ein kleiner, bei dem der Kopf größer war als der Rumpf. Eine magere, im Haaren begriffene Wölfin, die ihren vollen Bauch mit den herabhängenden Zitzen an der Erde hinschleppte, kam aus dem Gebüsch heraus und setzte sich den jungen Wölfen gegenüber hin. Diese standen im Halbkreis vor ihr. Sie trat zu dem kleinsten, ließ den Schwanz tief hinunterhängen, beugte die Schnauze hinab, und indem sie dann einige krampfhafte Bewegungen machte und den mit spitzen Zähnen besetzten Rachen öffnete, warf sie mit starker Anstrengung ein großes Stück Pferdefleisch aus. Die größeren Wölfchen drängten sich an sie heran; aber sie wandte sich drohend gegen sie und ließ alles dem kleinsten zukommen. Dieser zog, wie in Wut, knurrend das Fleischstück unter sich herunter und begann zu fressen. Ebenso spie die Wölfin auch dem zweiten, dem dritten und allen fünfen Fleisch hin und streckte sich dann ihnen gegenüber auf die Erde, um sich zu erholen.

Eine Woche darauf lagen bei dem Ziegelschuppen nur noch der große Schädel und zwei Schenkelknochen; alles Übrige war hierhin und dorthin verschleppt. Im Sommer nahm ein Bauer, welcher Knochen sammelte, auch diese Schenkelknochen und den Schädel mit fort und verkaufte sie.

Bedeutend später wurde Serpuchowskoi, der, ein toter Leib, in dieser Welt herumgewandelt war und gegessen und getrunken hatte, der Erde übergeben. Weder seine Haut, noch sein Fleisch, noch seine Knochen waren zu irgendetwas nütze.

Und wie schon zwanzig Jahre lang sein in dieser Welt herumwandelnder toter Leib allen eine große Last gewesen war, so war auch seine Beerdigung für die Menschen nur eine überflüssige Mühe. Seit langer Zeit hatte niemand mehr von diesem Mann irgendwelchen Nutzen gehabt, allen war er schon längst zur Last geworden; aber trotzdem fanden die Toten, die die Toten begraben, es nötig, diesen sogleich in Fäulnis übergehenden, aufgedunsenen Leib mit einer schönen Uniform zu bekleiden, ihm schöne Stiefel anzuziehen, ihn in einen schönen neuen Sarg mit neuen Quasten an den vier Ecken zu legen, dann diesen neuen Sarg in einen anderen, bleiernen Sarg zu stellen, ihn nach Moskau zu bringen, dort menschliche Gebeine, die vor langer Zeit begraben waren, wieder auszugraben, an ebendieser Stelle diesen faulenden, von Würmern wimmelnden Leib in der neuen Uniform und mit den sauber geputzten Stiefeln zu verbergen und alles mit Erde zuzuschütten.

Die beiden Alten

Das Weib spricht zu ihm: »Herr, ich sehe, dass du ein Prophet bist.

Unsere Väter haben auf diesem Berg angebetet, und ihr sagt, zu Jerusalem sei die Stätte, da man anbeten solle.«

Jesus spricht zu ihr: »Weib, glaube mir, es kommt die Zeit, dass ihr weder auf diesem Berg, noch zu Jerusalem werdet den Vater anbeten.

Ihr wisst nicht, was ihr anbetet, wir wissen aber, was wir anbeten; denn das Heil kommt von den Juden.

Aber es kommt die Zeit, und ist schon jetzt, dass die wahrhaftigen Anbeten werden den Vater anbeten im Geist und in der Wahrheit; denn der Vater will haben, die ihn also anbeten.«

(Joh. 4, 19–23.)

1.

Zwei alte Bauern wollten einmal nach Jerusalem pilgern. Der eine war reich und hieß Jefim Tarasytsch Scheweliow. Der andere, namens Jelisej Bodrow, war weniger bemittelt.

Jefim war ein ordentlicher und besonnener Mann, trank keinen Schnaps, rauchte und schnupfte keinen Tabak, fluchte nie und war streng von Sitten. Zweimal war er zum Dorfschulzen ernannt worden; er versah sein Amt so gewissenhaft, dass auch kein Heller in der Gemeindekasse fehlte. Er hatte eine große Familie: zwei Söhne und einen verheirateten Enkel, die alle mit ihm zusammenlebten. Er war gesund und kräftig, hielt sich gerade und hatte einen schönen Vollbart, der erst nach seinem sechzigsten Jahr zu ergrauen begann.

Jelisej war weder reich noch arm; in seinen jüngeren Jahren hatte er als Zimmermann auswärts gearbeitet; im Alter lebte er daheim und züchtete Bienen. Er hatte zwei Söhne; der eine arbeitete auswärts, der andere lebte beim Vater. Jelisej war ein gutmütiger, heiterer Mensch. Zuweilen trank er ein Glas Schnaps, schnupfte auch Tabak und sang gern Lieder; sonst lebte er ordentlich und in bester Eintracht mit den Seinen und mit den Nachbarn. Jelisej war klein von Wuchs, schwärzlich, hatte einen gelockten Bart und eine große Glatze wie sein Namenspatron, der Prophet Elisa.

Die beiden Alten hatten schon längst das Gelübde getan und verabredet, die Wallfahrt zusammen zu unternehmen; Jefim wurde aber jedes Mal von seinen Geschäften zurückgehalten. Kaum war eine Sache fertig, als gleich eine andere kam: bald musste er den Enkel verheiraten, bald warten, dass der jüngere Sohn vom Militär zurückkehrte; nun begann er gar, ein neues Haus zu bauen.

An einem Feiertag trafen sich die beiden Alten auf der Dorfstraße und setzten sich auf einen Balken. Jelisej sagte:

»Wann werden wir denn unser Versprechen einlösen, Gevatter?«

Jefim verzog das Gesicht und erwiderte:

»Ja, wir müssen noch etwas warten; in diesem Jahr habe ich es recht schwer. Als ich das Haus zu bauen anfing, glaubte ich, dass es mich kaum über hundert Rubel kosten würde; es kostet mich aber schon jetzt an die dreihundert Rubel und ist noch immer nicht fertig. Ich werde damit wohl noch bis zum Sommer zu tun haben. So Gott will, gehen wir im Sommer bestimmt auf die Reise.«

»Ich bin der Ansicht«, sagte Jelisej, »dass man es nicht länger hinausschieben soll und dass wir jetzt gleich gehen. Das Frühjahr ist ja die beste Zeit dafür.«

»Es ist ja wirklich die beste Zeit; doch wie kann ich abkommen, solange ich mit dem Begonnenen nicht fertig bin?«

»Hast du denn niemand? Dein Sohn wird die Arbeiten zu Ende führen.«

»Doch wie? Auf meinen ältesten Sohn ist kein Verlass: er trinkt gerne über den Durst.«

»Wenn wir einmal tot und begraben sind, Gevatter, werden die Söhne auch ohne uns auskommen müssen. Dein Sohn sollte es auch mal lernen.«

»Das stimmt ja alles, doch ich möchte gar zu gerne mein Auge dabei haben.«

»Ach, lieber Freund! Mit allen Geschäften wirst du doch nie fertig! Da haben bei mir neulich die Weiber zum Feiertag das Haus geputzt und aufgeräumt. Sie hatten so viel vor, dass sie damit wohl nie fertig werden würden. Die älteste Schwiegertochter, ein vernünftiges Weib, sagte: ›Es ist gut, dass der Feiertag kommt und nicht auf uns wartet; sonst würden wir unseren Lebtag nicht fertig.‹«

Tarasytsch wurde nachdenklich und sagte:

»Der Bau hat mich schon viel Geld gekostet; mit leeren Händen kann man aber eine solche Reise nicht unternehmen. Hundert Rubel sind ja keine Kleinigkeit.«

Jelisej musste lachen.

»Sündige nicht, Gevatter. Du bist wohl zehnmal reicher als ich. Und du sprichst dabei vom Geld. Sage mir nur, wann wir die Reise antreten. Geld habe ich jetzt keines, aber es wird sich schon finden.«

Auch Tarasytsch lächelte:

»Wie du nur zu solchem Reichtum kommst! Wo wirst du es denn hernehmen?«

»Etwas wird sich zu Hause schon finden; und wenn es nicht langt, verkaufe ich dem Nachbar zehn Bienenstöcke. Er bittet mich schon lange darum.«

»Wenn der Schwarm gut gerät, wirst du es hinterdrein bereuen!«

»Bereuen? Nein, Gevatter! Außer meinen Sünden habe ich noch nie im Leben etwas bereut. Denn das Wertvollste ist doch immer die Seele.«

»Du hast wieder recht. Es ist aber doch nicht gut, wenn in der Wirtschaft nicht alles in Ordnung ist.«

»Viel ärger ist es, wenn die Seele nicht in Ordnung ist. Wir haben einmal das Gelübde geleistet, nun müssen wir wirklich gehen.«

2.

Es gelang Jelisej, den Freund zu überreden. Jefim überlegte sich noch die Sache und kam am nächsten Morgen zu Jelisej.

»Nun wollen wir wirklich aufbrechen. Du hast recht. Tod und Leben stehen in Gottes Hand. Solange wir leben und die Kraft haben, müssen wir gehen.«

In einer Woche brachen die beiden Alten auf.

Tarasytsch hatte Geld zu Hause. Er nahm hundert Rubel auf den Weg und ließ zweihundert seiner Alten zurück.

Auch Jelisej rüstete sich zur Reise. Er verkaufte dem Nachbar zehn Bienenstöcke mit der Bedingung, dass dem Käufer auch die Zuzucht gehörte. Er bekam dafür siebzig Rubel. Die fehlenden dreißig Rubel kratzte er zu Hause zusammen: die Alte gab ihm das Geld, das sie sich für ihr Begräbnis zurückgelegt hatte, und auch die Schwiegertochter gab ihm ihr letztes.

Jefim Tarasytsch übergab alle Geschäfte dem ältesten Sohn; er belehrte ihn, wo und wie viel Heu zu mähen wäre, wohin er den Dünger führen und wie er den Neubau fertigstellen und unter Dach bringen sollte. Alles sah er vor und vergaß auch nicht das Geringste. Jelisej gab aber seiner Alten nur den einen Auftrag: die junge Brut von den verkauften Bienenstöcken gesondert zu setzen und dem Käufer ehrlich abzuliefern; von den häuslichen Angelegenheiten sprach er aber gar nicht: Jede Sache werde selbst zeigen, wie man sie anpacken müsse. »Ihr sorgt für eure eigene Wirtschaft und werdet schon auf euren Vorteil bedacht sein.«

Die beiden Alten brachen auf. Die Angehörigen buken ihnen Fladen als Wegzehrung; sie nähten sich Reisesäcke, schnitten sich neue Fußlappen zurecht, zogen neue Schuhe an, nahmen noch Bastschuhe auf Vorrat mit und machten sich auf den Weg. Die Angehörigen begleiteten sie bis an die Dorfgrenze, nahmen dort Abschied, und die Pilger verließen das Heimatdorf.

Jelisej trat die Reise frohen Mutes an; kaum hatte er das Dorf hinter sich, als er gleich alle seine häuslichen Sorgen vergaß. Er dachte nur daran, wie er sich mit seinem Weggenossen vertragen würde, wie er sich aller groben Redensarten enthalten wollte, wie er in Liebe und Eintracht das Ziel der Wanderschaft erreichen und ebenso wieder heimkehren sollte. Im Gehen flüsterte er Gebete vor sich hin oder sagte Stücke aus den Heiligenlegenden, die er gerade im Kopf hatte, auf. Wenn er aber unterwegs oder in einer Herberge mit jemand zusammenkam, gab er sich Mühe, recht freundlich zu sein und fromme Reden zu führen. Und wie er so ging, war er immer voll stiller Freude. Nur eines konnte er nicht fertigbringen: er wollte das Schnupfen aufgeben und hatte daher die Tabaksdose zu Hause gelassen; diese Entbehrung fiel ihm aber sehr schwer. Unterwegs schenkte ihm jemand Tabak; da blieb er von Zeit zu Zeit hinter dem Genossen zurück, um ihn nicht in Versuchung zu führen, und nahm eine Prise.

Auch Jefim Tarasytsch benahm sich auf der Pilgerschaft, wie es sich ziemt; er tat nichts Sündhaftes, redete nichts Überflüssiges; und doch fehlte ihm die richtige leichte Stimmung. Er konnte die Sorge um die Wirtschaft nicht loswerden. Er musste immerfort an sein

Haus denken. Ob er auch alles dem Sohn befohlen habe, und ob der Sohn alles richtig machen werde. Wenn er unterwegs sah, wie Bauern Kartoffeln pflanzten oder Dünger führten, musste er immer denken, ob sein Sohn auch alles richtig besorgte. Oft war er nahe daran, umzukehren, um alles dem Sohn zu zeigen und vorzumachen.

3.

Die beiden Alten waren schon fünf Wochen auf der Wanderschaft; die von zu Hause mitgenommenen Bastschuhe hatten sie abgetragen und sich neue kaufen müssen. So kamen sie nach Kleinrussland. Solange sie in der Nähe der Heimat waren, mussten sie für Nachtlager und Essen zahlen; die Kleinrussen bewirteten sie umsonst und wetteiferten miteinander, die Pilger als Gäste beherbergen zu dürfen. Sie gewährten ihnen Obdach, gaben ihnen zu essen und wollten dafür kein Geld; sie gaben ihnen noch Brot oder Fladen für die Weiterreise mit. So ging es etwa siebenhundert Werst weit; dann kamen sie aber in eine Gegend, die von einer Missernte heimgesucht war. Auch hier gewährte man ihnen ohne Geld Nachtquartier, gab ihnen aber nichts zu essen. Es kam vor, dass sie nicht einmal für Geld Brot bekommen konnten. Die Leute erzählten, dass im vorigen Jahr nichts gediehen war. Reiche Bauern waren zugrunde gerichtet und hatten alles verkaufen müssen; die weniger Bemittelten waren gänzlich verarmt, und die Armen waren entweder fortgezogen, um auf den Landstraßen zu betteln, oder schlugen sich irgendwie zu Hause durch. Im Winter lebten sie von Spreu und Melde.

Die Alten übernachteten einmal in einem Marktflecken, kauften sich da fünfzehn Pfund Brot und machten sich vor Sonnenaufgang auf den Weg, um in der Morgenkühle eine möglichst weite Strecke zurücklegen zu können. Als sie etwa zehn Werst gegangen waren, kamen sie an einen Bach; sie hielten Rast, schöpften Wasser in ihre Näpfe, weichten darin Brot auf, frühstückten und wechselten die Fußlappen. Dann saßen sie noch eine Weile, um auszuruhen. Jelisej holte seinen Schnupftabak hervor. Als Jefim Tarasytsch dies sah, schüttelte er den Kopf und sagte vorwurfsvoll:

»Warum wirfst du diesen Unrat nicht fort?«

Jelisej wehrte mit der Hand ab und sagte:

»Die Sünde hat mich überwältigt. Was kann man dagegen machen!«

Sie standen auf und gingen weiter. Nach weiteren zehn Werst kamen sie in ein großes Dorf und gingen ohne Aufenthalt durch. Es war bereits recht heiß geworden. Jelisej war erschöpft; er wollte wieder ausruhen und ein wenig Wasser trinken; Jefim wollte sich aber nicht aufhalten. Er war im Gehen rüstiger, und Jelisej fiel es oft schwer, mit ihm immer gleichen Schritt zu halten.

»Wenn ich nur einen Schluck Wasser trinken könnte!«, sagte Jelisej.

»Nun, trinke doch. Ich mag nicht.«

Jelisej blieb stehen.

»Warte nicht auf mich«, sagte er. »Ich will nur rasch in jenes Haus laufen und um Wasser bitten. Dann hole ich dich schnell ein.«

»Es ist gut«, sagte Jefim und ging allein weiter, während Jelisej auf das Bauernhaus zuschritt.

Nun stand er vor dem Haus. Es war eine kleine Lehmhütte, unten schwarz und oben weiß; der Lehm war abgebröckelt und offenbar seit langer Zeit nicht mehr gestrichen; auch das Dach war beschädigt. Der Eingang war von der Hofseite. Jelisej trat in den Hof und sah dort neben einer Bank einen bartlosen mageren Mann liegen; das Hemd steckte nach Kleinrussenart in der Hose. Der Mann hatte sich wohl in den Schatten gelegt, doch die Sonne war inzwischen höher gekommen und brannte ihm jetzt auf den Kopf. Er lag unbeweglich mit offenen Augen da. Jelisej rief ihn an und bat ihn um Wasser, doch der Mann gab keine Antwort. »Entweder ist er krank oder unfreundlich«, dachte Jelisej und ging zur Tür. Er hörte in der Stube ein Kind weinen. Er klopfte und rief:

»Wirtsleute!«

Niemand antwortete ihm. Er klopfte mit dem Stock und rief wieder:

»Christenmenschen!«

Niemand rührte sich.

»Knechte Gottes!«

Keine Antwort. Jelisej wollte schon weitergehen, hörte aber jemand hinter der Tür stöhnen. »Ob da nicht irgendein Unglück geschehen ist? Man muss nachschauen!« Und Jelisej trat ins Haus.

4.

Jelisej drückte auf die Klinke – die Tür war nicht versperrt. Er machte sie auf und kam in den Flur. Auch die Tür zur Stube stand offen. Links war der Ofen; gerade vor ihm die Wand mit den Heiligenbildern und ein Tisch; hinter dem Tisch eine Bank; auf der Bank saß eine alte Frau ohne Kopftuch, nur mit einem Hemd bekleidet; sie hatte den Kopf auf den Tisch gelegt; neben ihr stand ein magerer Junge – wie aus Wachs, der Leib aufgedunsen: er heulte, zupfte die Alte am Ärmel und schien sie um etwas zu bitten. Jelisej kam näher. Die Luft in der Stube war schlecht und dumpf. Auf dem Fußboden hinter dem Ofen sah er ein Weib liegen. Sie lag zusammengekrümmt, mit geschlossenen Augen, röchelte und zuckte mit einem Bein. Sie wand sich in Krämpfen, und der üble Geruch schien von ihr auszugehen; sie lag in ihrem eigenen Unrat, und es war niemand da, der sie umbetten konnte. Die Alte hob den Kopf und erblickte den fremden Mann.

»Was willst du? Wir können dir nichts geben, denn wir haben selbst nichts.«

Obwohl sie Kleinrussisch sprach, konnte Jelisej sie doch verstehen. Er ging auf sie zu und sagte:

»Ich will nur um Wasser bitten, Magd Gottes.«

»Niemand kann dir hier Wasser geben. Bei uns ist nichts zu holen. Geh weiter.«

Jelisej fragte:

»Ist denn niemand da, der die kranke Frau umbetten könnte?«

»Niemand. Der Bauer stirbt auf dem Hof und wir hier.«

Als der Knabe den Fremden sah, hörte er zu weinen auf. Als aber die Alte zu sprechen begann, zupfte er sie wieder am Ärmel, weinte und bat:

»Brot, Großmutter, gib Brot!«

Jelisej wollte die Alte weiter ausforschen, in diesem Augenblick kam aber der Bauer, wankend wie ein Betrunkener, in die Stube. Er tastete sich an der Wand entlang und wollte sich auf die Bank setzen; er kam aber nicht so weit und fiel in der Ecke an der Schwelle zu Boden. Er versuchte gar nicht, aufzustehen, und begann zu sprechen; er sprach abgerissen und holte nach jedem Wort Atem.

»Die Krankheit hat uns befallen, und hungrig sind wir auch. Das Kind da stirbt vor Hunger.«

Der Bauer zeigte mit einer schwachen Kopfbewegung auf den Knaben und weinte.

Jelisej schüttelte den Sack auf seinem Rücken, befreite die Arme aus den Riemen, warf den Sack zu Boden, hob ihn dann auf die Bank und begann ihn aufzubinden. Er holte ein Brot und ein Messer hervor, schnitt ein Stück ab und reichte es dem Bauern. Der Bauer nahm es nicht, sondern zeigte auf den Knaben und ein Mädchen, das hinter dem Ofen stand, damit er es ihnen gäbe. Jelisej gab das Stück dem Knaben. Als der Knabe das Brot sah, griff er mit beiden Händchen zu, steckte die Nase tief ins Brot und begann gierig zu essen. Hinter dem Ofen kam das Mädchen hervor und starrte unverwandt auf das Brot. Jelisej gab auch ihr. Er schnitt noch eine Scheibe ab und gab sie der Alten. Auch die Alte begann zu kauen.

»Wenn wir auch noch einen Schluck Wasser haben könnten!«, sagte sie. »Uns allen ist der Mund ausgetrocknet. Ich wollte gestern oder heute – ich weiß es nicht mehr genau – Wasser holen. Aber ich fiel unterwegs um, kam nicht bis dahin; auch der Eimer ist da liegen geblieben, wenn ihn nicht jemand fortgetragen hat.«

Jelisej fragte, wo der Brunnen sei, und die Alte erklärte es ihm. Er ging hin, fand den Eimer, brachte Wasser und gab den Leuten zu trinken. Die Kinder aßen noch etwas Brot und tranken dazu Wasser; auch die Alte aß, doch der Bauer wollte nicht essen. Er sagte: »Es ekelt mich vor dem Essen.« – Die Kranke lag noch immer bewusstlos auf ihrem Lager und warf sich hin und her. Jelisej ging ins Dorf zum Krämer und kaufte Hirse, Salz, Mehl und Butter; dann suchte er das Beil, hackte Holz und machte Feuer. Das Mädchen half ihm dabei. Er kochte Suppe und Brei und gab den Leuten zu essen.

5.

Der Bauer aß jetzt auch mit; die Alte aß, die Kinder leckten die ganze Schüssel aus und legten sich umschlungen schlafen.

Der Bauer und die Alte erzählten nun Jelisej, wie alles so gekommen war.

»Wir lebten auch bis dahin dürftig. Als aber die Missernte kam, verzehrten wir noch im Herbst alles, was wir hatten. Und als wir nichts mehr hatten, baten wir die Nachbarn und gute Menschen um Hilfe. Anfangs gab man uns noch, dann hörte es aber auf. Viele, die uns gerne etwas gegeben hätten, hatten selbst nichts. Auch schämten wir uns, bei den Leuten zu bitten: wir schuldeten überall Geld, Mehl und Brot. Ich suchte Arbeit«, erzählte der Bauer, »fand aber keine. In der ganzen Gegend verdingen sich die Bauern als Arbeiter für das Brot allein. Einen Tag arbeitet man, und zwei Tage muss man neue Arbeit suchen. Nun gingen die Alte und das Mädchen betteln. Sie bekamen nur wenig Almosen, denn die meisten hatten nicht einmal Brot. Wir schlugen uns aber noch immerhin durch und glaubten, bis zur neuen Ernte irgendwie auskommen zu können. Doch im Frühjahr gab uns kein Mensch mehr Almosen. Auch befiel uns noch die Krankheit. Nun waren wir ganz schlimm daran. Wir aßen einen Tag und hungerten zwei Tage. Wir begannen Gras zu essen. Von dieser Nahrung, oder auch etwas anderem, wurde meine Frau krank. Die Frau liegt, und auch ich bin so schwach, dass ich kaum gehen kann.«

»Nun musste ich alles allein machen«, sagte die Alte. »Ich hielt es aber nicht lange aus, denn vor Hunger verlor ich die letzten Kräfte. Auch das Mädchen ist schwach und scheu geworden. Wir wollten sie zu den Nachbarn schicken, sie ging aber nicht hin. Sie verkroch sich in die Ecke und wollte nicht heraus. Vorgestern schaute eine Nachbarin herein; als sie aber sah, dass wir alle hungrig und krank sind, ging sie wieder weg. Ihr Mann ist fortgegangen, und sie hat selbst nichts, womit sie ihre Kinder ernähren könnte. So lagen wir da und warteten auf den Tod.«

Als Jelisej solche Reden hörte, entschloss er sich, bei den Leuten über Nacht zu bleiben und den Genossen erst am nächsten Tag einzuholen. Am nächsten Morgen machte er sich an die Arbeit, als ob er selbst Herr im Haus wäre. Er half der Alten Brotteig bereiten, heizte den Herd und ging mit dem Mädchen zu den Nachbarn, um sich das Notwendigste zu verschaffen. Die Leute hatten ihren ganzen Besitz, wie die Wirtschaftsgeräte so auch die Kleider, verkauft und verzehrt; sie hatten nichts im Haus. Jelisej schaffte nun die nötigsten Sachen an; manches machte er mit eigenen Händen, und manches kaufte er. So verging ein Tag und der andere; drei Tage war Jelisej bei den Leuten. Der Knabe hatte sich etwas erholt und begann auf der Bank umherzukriechen und sich an Jelisej zu schmeicheln. Das Mädchen war ganz lustig geworden und half ihm in allen Arbeiten. Sie folgte Jelisej auf Schritt und Tritt und redete ihn mit »Großväterchen« an. Als die Alte sich wieder bewegen konnte, ging sie zur Nachbarin. Der Bauer ging in der Stube umher, musste sich aber noch immer an den Wänden entlang tasten. Nur die kranke Frau blieb noch liegen; am dritten Tag kam sie aber zu sich und verlangte zu essen. Als die Leute so weit waren, sagte sich Jelisej: »Ich habe wirklich nicht geglaubt, dass ich mich hier so lange aufhalten würde; nun ist's Zeit, dass ich weitergehe.«

6.

Doch als er am vierten Tag aufbrechen wollte, überlegte er sich: »Die Petrifasten gehen zu Ende; nun will ich mit den Leuten das Fastenende feiern, ihnen etwas zum Fest kaufen und am Abend weitergehen.« Jelisej ging wieder zum Krämer und kaufte Weizenmehl, Milch und Speck. Er half der Alten backen und kochen; am nächsten Morgen ging er zur Messe, kam aus der Kirche heim und aß mit den Leuten die für das Fest bereiteten Speisen. An diesem Tag stand auch die kranke Frau auf und begann umherzugehen. Der Bauer rasierte sich, zog sich ein sauberes Hemd an – die Alte hatte es ihm gewaschen – und ging ins Dorf zum reichen Bauern, um sein Herz zu erweichen: er hatte diesem Bauern seinen Heuschlag und Ackergrund verpfändet, nun ging er ihn bitten, ob er ihm beides bis zur neuen Ernte zurückgeben würde. Am Abend kam er niedergeschlagen zurück und weinte. Der Reiche hatte ihm die Gefälligkeit nicht erweisen wollen und hatte gesagt: »Bringe erst das Geld.«

Jelisej wurde wieder nachdenklich und sagte sich: »Wie sollen nun die Leute weiterleben? Wenn alle anderen zum Heuen gehen, müssen sie zu Hause bleiben, denn ihr Heuschlag ist verpfändet. Wenn das Korn reif wird und die Leute es schneiden werden – das Korn ist ja heuer so gut gediehen! –, können sie nicht mit, denn auch ihr Acker ist dem reichen Bauern verpfändet. Wenn ich sie jetzt verlasse, werden sie wieder herunterkommen.« Jelisej änderte seinen Entschluss; er ging nicht am Abend, sondern blieb noch bis zum nächsten Morgen.

Die letzte Nacht verbrachte er auf dem Hof. Er sprach sein Nachtgebet, legte sich nieder, konnte aber nicht einschlafen. Er musste doch endlich fort, denn er hatte schon viel Zeit verloren und viel Geld vertan; doch taten ihm auch die Leute leid. »Alle Armen kann man doch wirklich nicht versorgen!«, sagte er sich. »Ich wollte ihnen anfangs nur Wasser bringen und etwas Brot geben; nun kostet mich die Sache viel mehr. Jetzt bin ich so weit, dass ich ihnen ihren Heuschlag und Acker auslösen muss. Und ist das geschehen, muss ich auch den Kindern eine Milchkuh und dem Bauern einen Arbeitsgaul kaufen. Du hast dich zu sehr verwickelt, lieber Jelisej Kusmitsch! Nun hast du jeden Halt verloren und treibst wie ein Schiff ohne Anker.«

Jelisej stand auf, holte aus der Tasche des Kaftans, den er sich unter den Kopf gelegt hatte, seine Schnupftabaksdose hervor und nahm eine Prise. Er glaubte, dass seine Gedanken davon klarer werden würden; aber nein! Er dachte lange hin und her und konnte keinen Ausweg finden. Er musste fort, doch auch die Leute taten ihm leid. Und er wusste nicht, was er anfangen sollte. Er legte sich den Kaftan wieder unter den Kopf und versuchte einzuschlafen. Als die ersten Hähne krähten, kam ihm der Schlaf. Plötzlich war es ihm, als ob ihn jemand geweckt hätte. Er sah sich selbst ganz reisefertig mit dem Sack auf dem Rücken und dem Stock in der Hand vor dem Tor stehen. Das Tor stand aber nur so weit offen, dass er noch gerade durchschlüpfen konnte. Und als er durchs Tor ging, hakte sich der Sack an einem Torflügel fest. Und als er ihn losmachen wollte, verfing sich ein Fußlappen am Zaun und der Fußlappen löste sich. Und wie er den Fuß losmachen wollte, sah er, dass er sich nicht am Zaun verfangen hatte, sondern dass das kleine Mädchen ihn festhielt und rief: »Großväterchen, Großväterchen, gib Brot!« Am Fuß hielt ihn aber der Knabe fest, und aus dem Haus blickten die Alte und der Bauer heraus.

Als Jelisej erwachte, sagte er laut zu sich selbst: »Ich gehe morgen den Heuschlag und den Acker auslösen und kaufe den Leuten ein Pferd und Mehl bis zur neuen Ernte und eine Kuh. Wenn ich übers Meer gehe, um den Heiland zu suchen, kann ich ihn leicht in mir selbst verlieren. Man muss den Leuten helfen.«

Jelisej schlief wieder ein. Als er frühmorgens erwachte, ging er sofort zu dem reichen Bauern, gab ihm Geld und löste Heuschlag und Acker aus. Dann kaufte er eine Sense – denn die hatten die Leute auch verlauft – und brachte sie heim. Er schickte den Bauern mit der Sense zum Heuen und ging wieder ins Dorf. Beim Schenkwirt stand gerade ein Pferd mit Wagen zum Verkauf. Er wurde mit dem Wirt handelseinig, kaufte auch einen Sack Mehl, lud ihn auf den Wagen und ging weiter, um noch eine Kuh zu kaufen. Unterwegs holte er zwei Dorfweiber ein. Und Jelisej hörte, dass sie über ihn sprachen. Eine der Bäuerinnen erzählte:

»Anfangs wussten sie gar nicht, was für ein Mensch er ist; sie glaubten, er sei ein gewöhnlicher Pilger. Sie sagen, er war zu ihnen gekommen, um einen Schluck Wasser zu trinken; ist aber dann bei ihnen wohnen geblieben. Was hat er ihnen nicht alles gekauft. Ich habe es mit eigenen Augen gesehen, wie er heute früh beim Schenkwirt Pferd und Wagen kaufte. Gibt es doch noch solche Menschen auf der Welt! Ich will hingehen und ihn mir anschauen.«

Als Jelisej hörte, dass sie ihn lobten, gab er die Absicht, auch eine Kuh zu kaufen, auf. Er kehrte zu dem Schenkwirt zurück, bezahlte den ausbedungenen Preis, spannte das Pferd vor den Wagen und fuhr mit dem Mehl zu seinen Leuten. Als sie das Pferd sahen, wunderten sie sich. Sie ahnten, dass er das Pferd für sie gekauft hatte, wagten es aber nicht auszusprechen. Der Bauer kam aus dem Haus, um das Tor aufzumachen.

»Woher hast du das Pferd, Großvater?«, fragte er.

»Ich hab's gekauft«, erwiderte Jelisej. »Der Preis war billig. Mähe mir etwas Gras, damit das Pferd zur Nacht Futter hat. Und nimm auch den Sack vom Wagen.«

Der Bauer spannte das Pferd aus, trug den Sack auf den Speicher, mähte eine Tracht Gras und legte es in die Krippe. Man ging zur Ruhe. Jelisej legte sich wieder draußen schlafen; seinen Sack hatte er noch vor Abend auf den Hof gebracht. Als alle schliefen, stand er auf, band den Sack um, zog Schuhe und Kaftan an und machte sich auf den Weg, Jefim einzuholen.

7.

Als Jelisej etwa fünf Werst gegangen war, begann es zu tagen. Er setzte sich unter einen Baum, band den Sack auf und zählte sein Geld nach. Er hatte nur noch siebzehn Rubel und zwanzig Kopeken. Er dachte sich: »Mit diesem Geld kann man nicht über's Meer kommen. Und wenn ich mir unterwegs das Geld dazu in Christi Namen zusammenbettele, kann es leicht eine große Sünde werden. Gevatter Jefim wird auch ohne mich hinkommen und für mich eine Kerze anzünden. Ich werde meine Schuld wohl bis zum Tod nicht abtragen. Es ist ein Glück, dass der Gläubiger gütig ist und mich nicht drängt.«

Jelisej stand auf, nahm den Sack auf den Rücken und ging zurück. Er machte einen Bogen ums Dorf, in dem er die letzten Tage verbracht hatte, damit ihn die Leute nicht erblickten. Bald war er zu Hause. Auf dem Hinweg war ihm das Gehen sehr schwer gefallen und er hatte oft Mühe gehabt, mit Jefim gleichen Schritt zu halten; auf dem Rückweg gab ihm aber Gott solche Kraft, dass er nichts von Müdigkeit spürte. Das Gehen war ihm jetzt wie ein Kinderspiel; er schwenkte fröhlich seinen Wanderstab und legte oft siebzig Werst an einem Tag zurück.

Als Jelisej zu Hause anlangte, war die Ernte bereits eingebracht. Die Seinigen freuten sich über die Rückkehr des Vaters. Man begann ihn auszufragen, warum er den Gefährten verlassen habe, warum er nach Hause zurückgekehrt sei, ohne das Ziel der Wallfahrt erreicht zu haben. Jelisej erzählte aber nichts. Er sagte nur: »Gott hat es eben anders gewollt. Ich habe unterwegs mein Geld verloren, und der Gefährte ist allein weitergegangen. So bin ich umgekehrt. Verzeiht mir um Christi willen.«

Er gab seiner Alten den Rest des Geldes zurück und fragte sie nach den häuslichen Angelegenheiten: Alles war in Ordnung, die Wirtschaft war aufs beste besorgt, und sie lebten alle in Frieden und Eintracht.

Jefims Angehörige erfuhren noch am gleichen Tag von Jelisejs Heimkehr; sie kamen zu ihm, um sich nach ihrem Alten zu erkundigen. Jelisej sagte ihnen dasselbe.

»Euer Alter ist gesund und rüstig weitergegangen. Wir trennten uns drei Tage vor Peter und Paul. Ich wollte ihn anfangs einholen, aber ich hatte das Unglück, mein ganzes Geld zu verlieren, sodass ich nichts hatte, um weiterzugehen. Daher bin ich umgekehrt.«

Die Leute wunderten sich: ein so kluger Mann hatte sich so dumm angestellt! War fortgegangen und nicht ans Ziel gekommen, hatte nur sein Geld verloren. Sie wunderten sich darüber und vergaßen es mit der Zeit. Auch Jelisej vergaß es. Er ging wieder an die häuslichen Arbeiten: er besorgte mit Hilfe des Sohnes Holz für den ganzen

Winter, drosch mit den Weibern das Korn, brachte an den Scheunen neue Dächer an und versorgte seine Bienen. Zehn Bienenstöcke samt Zuzucht gab er dem Nachbar. Seine Alte wollte ihm verheimlichen, wie viel neue Schwärme sich von den verkauften Bienenstöcken abgeteilt hatten; Jelisej wusste aber selbst, welche Bienenstöcke in der Zeit seiner Abwesenheit neue Schwärme abgelegt hatten; und er gab dem Nachbar statt zehn Stöcke siebzehn. Als die ganze Arbeit besorgt war, schickte er den Sohn auf Arbeit und setzte sich selbst hin, Bastschuhe zu flechten und Bienenstöcke auszuhöhlen.

8.

Als Jelisej bei den Kranken zurückgeblieben war, hatte Jefim auf ihn den ganzen Tag gewartet. Er ging nur eine kurze Strecke weiter und setzte sich am Straßenrand nieder; er wartete und wartete, schlief ein, wachte auf, saß noch eine Weile – doch der Gefährte war noch immer nicht da. Er guckte sich die Augen nach ihm aus. Die Sonne ging hinter den Bäumen unter – Jelisej war noch immer nicht da.

Jefim dachte sich: »Ist er vielleicht an mir vorbeigegangen oder vorbeigefahren (wenn ihn jemand hat aufsitzen lassen), während ich schlief, und hat mich nicht bemerkt? Er hätte mich aber doch sehen müssen! In der Steppe sieht man weit. Wenn ich jetzt zurückgehe, kann er inzwischen noch weiter vorwärts kommen. Und wenn wir uns verfehlen, ist es noch schlimmer. Ich will lieber weitergehen und in dem nächsten Nachtquartier auf ihn warten.«

Er kam ins Dorf und bat den Wächter, falls ein kleiner Greis mit großer Glatze ins Dorf käme, so möchte er ihn sofort zu ihm führen. Jelisej kam aber nicht ins Dorf. Jefim ging weiter und erkundigte sich unterwegs bei allen Leuten, ob sie nicht einen alten Mann mit einer Glatze gesehen hätten. Niemand hatte ihn gesehen. Jefim wunderte sich darüber und ging allein weiter. Er meinte, dass er Jelisej in Odessa oder auf dem Schiff treffen würde, und machte sich weiter keine Gedanken.

Unterwegs schloss sich ihm ein Pilger an. Der Pilger trug Käppchen und Kutte und hatte langes Haar, wie ein Geistlicher. Wie er behauptete, war er auf dem heiligen Berg Athos gewesen und pilgerte schon zum zweiten Mal nach Jerusalem. Sie trafen sich in einer Herberge, kamen ins Gespräch und gingen zusammen weiter.

Frisch und wohlgemut kamen sie nach Odessa. Hier mussten sie drei Tage auf den Abgang des Schiffes warten. Mit ihnen warteten noch viele andere Pilger, die aus den verschiedensten Gegenden zusammengekommen waren. Jefim erkundigte sich bei jedem nach Jelisej, doch niemand hatte ihn gesehen.

Er verschaffte sich einen Auslandspass, der kostete fünf Rubel. Dann bezahlte er vierzig Rubel für die Fahrt hin und zurück und kaufte sich Brot und Heringe für die Reise. Als das Schiff beladen war, brachte man auch die Pilger an Bord. Auch Jefim und sein neuer Begleiter schifften sich ein. Man lichtete die Anker, und das Schiff fuhr ins offene Meer. Am ersten Tag ging die Reise sehr gut; gegen Abend erhob sich aber ein Wind, es begann zu regnen, das Schiff schaukelte hin und her, und manche Welle schlug über Bord. Das Volk wurde unruhig, die Weiber heulten, und auch manche Männer, die nicht sehr tapfer waren, liefen erschrocken auf dem Schiff hin und her und suchten sich in Sicherheit zu bringen. Auch Jefim war erschrocken, wollte es aber nicht zeigen: er saß die ganze Nacht und den ganzen folgenden Tag auf der gleichen Stelle, wo er sich beim Betreten des Schiffes hingesetzt hatte. Neben ihm saßen mehrere ältere Männer aus der Gegend von Tambow. Er hielt sein Gepäck fest in den Händen und sprach kein Wort. Am dritten Tag wurde es still; am fünften Tag legte das Schiff in Konstantinopel an. Einige Pilger gingen ans Land, um den Tempel der heiligen Sophia, in dem jetzt die Türken hausen, zu sehen. Jefim aber ging nicht mit und blieb auf dem Schiff sitzen. Er kaufte sich nur Weißbrot. Das Schiff lag vor Konstantinopel einen Tag und eine Nacht und fuhr dann weiter. Es hielt noch vor Smyrna und vor Alexandrien und erreichte glücklich die Hafenstadt Jaffa. In Jaffa mussten alle Pilger aussteigen und die siebzig Werst bis Jerusalem zu Fuß zurücklegen. Die Ausschiffung machte den Pilgern große Angst: das Schiff war hoch, und die Pilger mussten von Bord in ein Boot springen; das Boot schaukelte aber hin und her, und man konnte leicht ins Wasser fallen. Zwei Pilger wurden auch ordentlich durchnässt, alle kamen aber wohlbehalten ans Land. Man ging zu Fuß weiter und erreichte am vierten Tag Jerusalem. Sie kehrten im russischen Hospiz vor den Toren der Stadt ein, wiesen ihre Pässe vor und aßen zu Mittag. Dann begab sich Jefim, vom Pilger geführt, zu den heiligen Stätten. Das Grab des Herrn konnte man um diese Stunde noch nicht besichtigen. Sie gingen zuerst ins Patriarchenkloster, dort kamen alle Pilger zusammen, und die Männer mussten auf der einen Seite, die Weiber auf der anderen Platz nehmen. Man befahl ihnen, die Schuhe auszuziehen und einen Kreis zu bilden. Dann kam ein Mönch mit einem Handtuch und wusch ihnen allen die Füße. Wenn er sie gewaschen und getrocknet hatte, küsste er sie, und so tat er einem jeden. Auch Jefim wusch er die Füße und küsste ihn. Hier hörten sie die Vesper, die Frühmesse, opferten Kerzen und bestellten Fürbitten für ihre Eltern. Hier wurden sie auch gespeist und bekamen Wein zu trinken. Am nächsten Morgen besuchten sie die Zelle der Maria Ägyptiaca, die hier ihr Seelenheil suchte. Sie stellten Kerzen auf und ließen einen Dankgottesdienst abhalten. Sie wollten noch die Messe am Heiligen Grab hören, kamen aber zu spät. Sie gingen in das Abrahamskloster und sahen den Garten und die Stätte, wo Abraham seinen Sohn dem Herrn opfern wollte. Dann besuchten sie die Stätte, wo Christus der Maria Magdalena erschienen war, und die Kirche Jakobs, des Bruders des Herrn. Der Pilger zeigte Jefim alle heiligen Stätten und sagte ihm überall, wie viel Geld er opfern sollte. Als sie ins Hospiz zurückgekehrt waren, gegessen hatten und sich zur Ruhe begaben, begann der Pilger plötzlich zu ächzen und alle seine Kleider zu durchsuchen. Er jammerte:

»Man hat mir mein Portemonnaie gestohlen. Dreiundzwanzig Rubel waren darin: zwei Zehnrubelscheine und drei Rubel in Kleingeld.«

Der Pilger jammerte noch lange. Es war ihm aber nicht zu helfen, und alle legten sich schlafen.

9.

Auch Jefim hatte sich schlafen gelegt. Ihn überkamen aber sündige Gedanken. Er sagte sich: »Man hat dem Pilger nichts gestohlen. Er hat wohl gar kein Geld gehabt. Denn nirgends hat er gezahlt. Mich hat er überall zahlen lassen, selbst hat er keinen Heller ausgelegt und hat von mir sogar einen Rubel geliehen.«

Aber wenn er so dachte, machte er sich gleich wieder Vorwürfe: »Was soll ich den Menschen verdächtigen? Es ist eine große Sünde. Ich will lieber gar nicht daran denken.«

Er musste aber immer wieder denken, wie der Pilger auf sein Geld schielte und wie unwahrscheinlich es klang, als er erzählte, man hätte ihm sein Portemonnaie gestohlen. Und er sagte sich wieder: »Er hat sicher kein Geld gehabt. Es ist Schwindel.«

Am nächsten Morgen gingen sie in die große Auferstehungskirche zur Frühmesse am Heiligen Grab. Der Pilger schloss sich gleich wieder Jefim an.

Sie kamen zum Tempel. Draußen stand eine große Menge von Pilgern: Russen waren dabei und viele andere Völker – Griechen, Armenier, Türken und Syrer. Unendlich schien ihre Zahl. Jefim ging, von der Menge geschoben, durch die Heilige Pforte. Ein Mönch führte sie an der türkischen Wache vorbei zu jener Stelle, wo Christus vom Kreuz genommen und gesalbt wurde und wo jetzt neun große Leuchter mit brennenden Kerzen stehen. Der Mönch zeigte und erklärte ihnen alles. Jefim opferte eine Kerze. Die Mönche führten ihn dann rechts die Stufen hinauf nach Golgatha zu jener Stelle, wo das Kreuz gestanden, und Jefim verrichtete hier ein Gebet; dann zeigte man ihm die Spalte, wo die Erde sich bis zur Unterwelt aufgetan hatte, und die Stätte, wo man Christus ans Kreuz geschlagen hatte. Man zeigte ihm Adams Grab, wo das Blut Christi auf seine Gebeine floss. Dann kamen sie zum Stein, wo Christus gesessen hatte, als man ihn mit der Dornenkrone krönte; dann zum Pfahl, an welchen er gebunden war, als man ihn geißelte. Jefim sah auch den Stein mit den zwei Löchern für die Füße des Heilands. Man wollte ihm noch etwas zeigen, doch das Volk eilte zur Grabkapelle, wo eben eine andersgläubige Messe zu Ende war und die rechtgläubige begann. Auch Jefim kam mit dem Volk in die Grabkapelle.

Er wollte gerne den Pilger loswerden, denn die sündhaften Gedanken quälten ihn noch immer; der Pilger folgte ihm aber auf Schritt und Tritt und stand nun auch in der Grabkapelle an seiner Seite. Sie wollten mehr nach vorne gehen, es gelang ihnen aber nicht: das Gedränge war so groß, dass sie weder vorwärts noch rückwärts konnten. Und wie Jefim so dastand, nach vorne schaute und betete, tastete er jeden Augenblick nach seinem Geldbeutel. Er dachte zweierlei: erstens, dass der Pilger ihn betrogen hatte; zweitens aber, dass, wenn der

Pilger nicht gelogen hatte und die Sache mit dem Portemonnaie stimmte, es auch ihm so gehen könnte.

10.

Jefim steht mitten im Gedränge, betet und blickt nach vorne in die Kapelle, wo das Heilige Grab ist und über dem Grab sechsunddreißig Lampen brennen. Jefim steht so da, blickt über die Köpfe hinweg, und welch ein Wunder! Vor allen Pilgern, gerade unter den Lampen, in denen das heilige Feuer brennt, steht ein kleiner alter Mann in einem Kaftan aus grobem Tuch; seine große Glatze leuchtet über den ganzen Kopf, ganz wie bei Jelisej Bodrow. »Er sieht wirklich ganz wie Jelisej aus«, denkt Jefim. »Jelisej aber kann es nicht sein. Er kann unmöglich vor mir nach Jerusalem gekommen sein. Das letzte Schiff war von Odessa acht Tage vor dem unsrigen abgegangen. Mit diesem Schiff kann er unmöglich gekommen sein. Auf unserem Schiff war er aber sicher nicht. Ich habe ja alle Pilger gesehen.«

Kaum hatte sich Jefim dies gesagt, als das Männchen zu beten begann. Es verneigte sich dreimal: einmal nach vorne vor dem Herrn, und dann nach rechts und nach links vor der rechtgläubigen Christenheit. Und als es den Kopf nach rechts wendete, erblickte Jefim wirklich seinen Freund Jelisej Bodrow. Er erkannte seinen schwärzlichen gelockten Bart, der an den Wangen leicht ergraut war, seine Augenbrauen, Augen und Nase und das ganze Gesicht – es war leibhaftig Jelisej Bodrow.

Jefim freute sich, dass er seinen Gefährten wiedergefunden hatte, und wunderte sich zugleich, dass Jelisej vor ihm angelangt war.

»Ei, Bodrow, wie er nur so ganz nach vorne geraten ist!«, dachte er sich. »Er hat sich wohl irgendeinem geschickten Menschen angeschlossen, der ihn nach vorne geführt hat. Am Ausgang will ich ihn treffen. Meinen Pilger mit dem Käppchen lasse ich laufen und schließe mich Jelisej an. Er wird mich sicher besser führen.«

Jefim passte also auf, um Jelisej nicht aus den Augen zu verlieren. Die Messe war zu Ende, das Volk drängte sich vor, um das Heiligtum zu küssen, und Jefim wurde dabei zur Seite geschoben. Wieder überkam ihn die Angst um seinen Geldbeutel. Jefim hielt die Hand immer auf dem Beutel und gab sich Mühe, aus dem Gedränge ins

Freie zu kommen. Er kam ins Freie, ging überall umher und suchte Jelisej hier und in der Kirche. In den Zellen bei der Kirche sah er vielerlei Leute: manche aßen gleich hier, tranken Wein, schliefen oder lasen; aber Jelisej war nirgends zu finden. Jefim kam in die Herberge zurück und fand auch seinen Gefährten nicht. An diesem Abend war der Pilger nicht heimgekommen. Er war verschwunden und hatte auch den geliehenen Rubel nicht zurückgegeben. Jefim blieb allein.

Am nächsten Tag ging Jefim wieder zum Grab des Herrn in Gesellschaft eines alten Mannes aus Tambow, mit dem er auf dem Schiff zusammen gewesen war. Er wollte in die vorderste Reihe kommen, man drängte ihn aber wieder zurück. Er stand an einer Säule und betete. Und wie er nach vorne blickt, sieht er wieder dicht am Heiligen Grab unter den Lampen Jelisej stehen. Er hat die Arme ausgebreitet, wie ein Priester am Altar, und seine Glatze leuchtet über den ganzen Kopf. »Nun«, denkt Jefim, »diesmal werde ich ihn nicht aus den Augen lassen.« Er zwängte sich durch und kam in die vorderste Reihe. Jelisej war aber nicht mehr da.

Auch am dritten Tag geht Jefim zur Messe, und wieder sieht er an der heiligen Stätte Jelisej stehen; er hat die Arme ausgebreitet und blickt nach oben, als ob er etwas über sich sähe. Und seine Glatze leuchtet über den ganzen Kopf. »Nun«, denkt sich Jefim, »jetzt wird er mir ganz gewiss nicht entwischen. Ich will mich beim Ausgang aufstellen und ihn abfangen. Wir können uns dabei unmöglich verfehlen.« Jefim stand beim Ausgang, das ganze Volk ging an ihm vorbei, Jelisej war aber nicht darunter.

Jefim verbrachte sechs Wochen in Jerusalem und besuchte alle heiligen Stätten: Bethlehem, Bethanien und den Jordan; am Grab Christi ließ er sich ein Siegel auf ein neues Hemd, in dem man ihn dereinst begraben sollte, aufdrücken. Er nahm auch ein Fläschchen Jordanwasser mit, auch Erde und Kerzen, die an der heiligen Flamme entzündet waren; in acht Klöstern bestellte er Fürbitten für die Seinen; endlich hatte er sein ganzes Geld ausgegeben und nur so viel übrig, wie die Heimreise kostete. Und Jefim trat seinen Rückweg an. Er kam nach Jaffa, fuhr zu Schiff nach Odessa und ging von dort zu Fuß nach Hause.

11.

Jefim ging den gleichen Weg wie auf der Hinreise. Und wie er sich der Heimat näherte, befiel ihn die Sorge, wie die Seinigen wohl ohne ihn leben mochten. »In einem Jahr«, dachte er, »fließt viel Wasser ins Meer. Sein ganzes Leben lang richtet man sich sein Hauswesen ein, und nichts ist leichter, als es in einem Jahr zugrunde zu richten. Wie mag wohl der Sohn gewirtschaftet haben? Wie war das Frühjahr ausgefallen, wie hat das Vieh den Winter überstanden, wie ist das neue Haus geraten?« Jefim kam in die Gegend, wo er im vorigen Jahr Jelisej aus den Augen verloren hatte. Die Leute konnte man gar nicht wiedererkennen. Wer im vorigen Jahr hungerte, lebte jetzt ohne Sorgen. Die Ernte war gut geraten, die Leute waren wieder auf die Beine gekommen und schienen das frühere Unglück vergessen zu haben. Gegen Abend erreichte Jefim das nämliche Dorf, wo er sich von Jelisej getrennt hatte. Kaum war er im Dorf, als aus einem Haus ein Mädchen im weißen Hemd herauslief und ihm zurief:

»Großvater, Großvater, kehre doch bei uns ein!«

Jefim wollte weitergehen, doch das Mädchen ergriff ihn an den Schößen des Kaftans und zog ihn lachend zum Haus.

An der Haustüre erschien eine Frau mit einem Knaben; sie winkten ihm und luden ihn ein:

»Kehre bei uns ein, Großvater! Du kannst mit uns zu Abend essen und bei uns übernachten.«

Jefim kehrte ein. Er wollte bei dieser Gelegenheit sich nach Jelisej erkundigen: es war dasselbe Haus, in das er ging, um zu trinken. Jefim trat in die Stube, die Frau half ihm den Sack vom Rücken nehmen, brachte ihm Wasser zum Waschen und wies ihm einen Platz am Tisch an. Sie brachte Milch herbei, Quarkkuchen und Grütze und setzte alles auf den Tisch. Jefim bedankte sich und lobte die Leute, dass sie so gastfreundlich die Pilger empfangen.

Die Frau schüttelte den Kopf und sagte:

»Wir müssen wohl freundlich zu jedem Pilger sein. Denn ein Pilger hat uns den Weg zum Leben gezeigt. Wir lebten in Sünde, und Gott hatte uns dafür so gestraft, dass wir nur noch auf den Tod warteten. Im vorigen Sommer lagen wir alle krank vor Hunger. Es wäre um uns geschehen gewesen, aber Gott schickte uns einen alten Mann wie du. Eines Tages kam er zu uns, nur um zu trinken; als er uns aber sah, erbarmte er sich unser und blieb bei uns. Er gab uns zu trinken und zu essen, brachte unser Hauswesen instand, löste das verpfändete Land aus, kaufte Pferd und Wagen und ließ sie uns zurück.«

In die Stube kam eine Alte und unterbrach die Frau:

»Wir wissen selber nicht, ob es ein Mensch oder ein Engel Gottes war. Alle liebte er, alle bemitleidete er. Und er ging fort, ohne uns etwas davon zu sagen. Wir wissen nicht, für wen wir zu Gott beten sollen. Ich sehe es noch so deutlich vor mir: ich liege da, warte auf den Tod, und plötzlich kommt ein einfacher alter Mann mit einer Glatze herein und bittet um einen Trunk. Ich Sünderin dachte mir noch: Was treiben sich die Leute herum? Was tat aber er? Als er uns sah, nahm er gleich den Sack ab, setzte ihn hier an dieser Stelle hin, band ihn auf ...«

Das Mädchen unterbrach die Alte:

»Nein, Großmutter, er hat den Sack erst mitten in der Stube hingesetzt und dann auf die Bank gehoben.«

Und sie begannen zu streiten und gedachten aller seiner Handlungen und Wort: wo er geschlafen, was er getan, wie und zu wem er gesprochen hatte.

Zur Nacht kam auch der Bauer mit dem Pferd heim. Auch er erzählte von Jelisej und wie er bei ihnen gewohnt hatte.

»Wäre er nicht zu uns gekommen«, sagte er, »so würden wir wohl alle in unseren Sünden gestorben sein. Wir waren verzweifelt und sahen den Tod vor Augen, murrten auf Gott und die Menschen. Er hat uns aber wieder auf die Beine geholfen, und durch ihn haben wir Gott erkannt und den Glauben an gute Menschen gewonnen. Möge ihm Christus seine Gnade erweisen! Früher lebten wir dahin wie das liebe Vieh, und er hat uns zu Menschen gemacht.«

Die Leute gaben Jefim zu essen und zu trinken, wiesen ihm ein Nachtlager an und legten sich auch selbst schlafen.

Wie Jefim so lag und nicht einschlafen konnte, musste er immer an Jelisej denken, den er zu Jerusalem dreimal am Heiligen Grab gesehen hatte.

»In diesem Haus«, dachte er sich, »hat er mich überholt. Ob mein Opfer im Himmel angenommen ist oder nicht, weiß ich nicht; doch sein Opfer hat der Herr sicher angenommen.«

Am Morgen verabschiedete sich Jefim von den Leuten. Sie gaben ihm Kuchen auf die Reise und gingen an ihre Arbeit. Und Jefim brach auf und setzte seinen Weg fort.

12.

Jefim war genau ein Jahr ausgeblieben. Als er nach Hause kam, war wieder Frühjahr.

Er erreichte sein Haus gegen Abend. Der Sohn war nicht zu Hause: er saß in der Schenke. Als er später angeheitert nach Hause kam, begann Jefim ihn auszufragen. Jefim merkte sofort, dass der Sohn übel gewirtschaftet hatte: das Geld hatte er vertan und alle Geschäfte vernachlässigt. Der Vater machte ihm Vorwürfe, und der Sohn wurde grob.

»Du hättest doch selbst«, sagte der Sohn, »alles machen sollen. Du bist aber auf die Reise gegangen und hast das ganze Geld mitgenommen. Und jetzt willst du noch von mir Rechenschaft darüber.«

Der Alte geriet in Zorn und verprügelte den Sohn.

Am nächsten Morgen begab sich Jefim Tarasytsch zum Schulzen, um mit ihm über seinen Sohn zu sprechen. Als er an Jelisejs Haus vorbeikam, sah er Jelisejs Alte vor dem Haus stehen. Sie begrüßte ihn:

»Gott zum Gruß, Gevatter! Bist du glücklich zurückgekehrt?«

Jefim Tarasytsch blieb stehen und antwortete:

»Meine Reise ist, Gott sei Dank, glücklich gewesen, habe aber unterwegs deinen Alten verloren. Nun höre ich, dass er allein nach Hause zurückgekehrt ist.«

Die Alte war sehr gesprächig, und sie begann zu erzählen:

»Längst ist er zurückgekehrt, mein Lieber. Es wird wohl bald nach Mariä Himmelfahrt gewesen sein. Wir freuten uns sehr, als Gott ihn wieder heimbrachte. Denn ohne ihn war es so traurig bei uns. Er kann zwar nicht mehr viel arbeiten, denn seine besten Jahre sind dahin. Aber immerhin ist er das Haupt im Haus, und mit ihm ist es viel lustiger. Und wie sich unser Junge gefreut hat! Ohne ihn, sagte er, ist es genau so wie ohne Licht in den Augen. Wenn er nicht zu Hause ist, Freundchen, freut uns das Leben nicht, denn wir lieben ihn und hängen an ihm.«

»Nun, ist er jetzt zu Hause?«

»Zu Hause, Freund, er ist im Bienengarten, er schart die Schwärme zusammen. Der Schwarm ist heuer gut, sagt er. Gott hat heuer den Bienen solche Kraft gegeben, wie es der Alte noch nie gesehen hat. Gott hat wohl gar nicht an unsere Sünden gedacht, als er uns solche Gnade erwies, sagt er. Komm herein, Freund, wie wird sich der Alte freuen!«

Jefim ging durch den Flur und den Hof in den Bienengarten zu Jelisej. Er trat in den Garten und sah Jelisej ohne Netz und ohne Handschuhe, im grauen Kaftan unter einer Birke stehen, die Arme ausgebreitet und nach oben blickend, und seine Glatze leuchtete über den ganzen Kopf; genau so hatte er zu Jerusalem am Grab des Herrn gestanden; und wie in Jerusalem die Lampen, leuchtete über ihm durch das Laub der Birke die Sonne; über seinem Haupt schwebten goldene Bienen, einen goldenen Kranz bildend, und sie stachen ihn nicht.

Jefim blieb stehen.

Jelisejs Alte rief ihrem Mann zu:

»Dein Gevatter ist zu dir gekommen!«

Jelisej blickte sich um, war sehr erfreut und ging auf den Gevatter zu. Im Gehen nahm er sich vorsichtig einige Bienen aus dem Bart.

»Grüß Gott, Gevatter! Grüß Gott, Freund … Wie war die Reise?«

»Meine Füße haben die Reise gemacht; ich habe dir auch Wasser aus dem Jordan mitgebracht. Besuche mich einmal und hole es dir. Ob aber der Herr mein Opfer in Gnade aufgenommen …«

»Nun, Gott sei Dank, der Heiland sei uns gnädig …«

Jefim schwieg eine Weile, dann fuhr er fort:

»Meine Füße waren in Jerusalem, ob aber auch meine Seele da war, oder ob jemand anderer …«

»Es ist Gottes Sache, Gevatter, Gottes Sache.«

»Auf dem Rückweg kehrte ich auch in jenem Haus ein, bei welchem ich dich auf dem Hinweg verloren habe …«

Jelisej erschrak und fiel Jefim ins Wort:

»Es ist Gottes Sache, Gevatter, Gottes Sache. Komm doch in die Stube herein, ich will dich mit Honig bewirten.«

Und Jelisej brach das Gespräch ab und begann von häuslichen Angelegenheiten zu sprechen.

Jefim seufzte und sprach nicht mehr von den Leuten im kleinrussischen Dorf, noch davon, dass er Jelisej in Jerusalem gesehen hatte. Und er begriff, dass Gott einem jeden Menschen eine Steuer auferlegt hat, die mit Liebe und guten Werken bezahlt wird.

Biographie

1828   *28. August/9. September:* Lev Nikolaevič Tolstoj wird auf dem Gut Jasnaja Poljana (Gouv. Tula) geboren. Tolstoj ist das zweitjüngste von fünf Kindern des Grafen Nikolaj Iljitsch Tolstoj. Die Familie nimmt eine beachtenswerte Position in der russischen Geschichte ein.

1830   *7. September:* Da die Mutter bereits in diesem Jahr stirbt, wird die Tante Tatjana Tolstojs Vertraute.

1837   Auch der Vater stirbt.

1841   Nach dem Tod des Vormunds siedelt Tolstoj nach Kasan zur vermögenden Tante über.

1842   Er fällt bei der Aufnahmeprüfung an der Universität durch.

1844   Er schreibt sich dort als Student ein.

1847   Das Studium der orientalischen Sprachen und Jurisprudenz befriedigt ihn nicht. Er gibt es auf und geht zurück nach Jasnaja Poljana.

1851   Er reist in den Kaukasus, wo die biographische Skizze »Detstvo« (»Kindheit«) entsteht, deren Veröffentlichung durch Nekrasov im »Sovremennik« (1852) ihm erhebliche Beachtung verschafft.

1853   Die Erzählung »Nabeg« wird veröffentlicht.

1854   Während des Armeedienstes folgt »Otročestvo« (»Knabenjahre«).

1856   »Iunost« (»Kindheit«). »Utro Pomeshchika« (»Der Morgen eines Landbesitzers«).

1857   Als Abschluß der Trilogie autobiographisch-romanhafter Werke erscheinen seine »Jünglingsjahre«. Die Nöte des Krieges (er nimmt an den Kämpfen um Sevastopol im Krim-Krieg teil) finden in drei Erzählungen ihren Niederschlag. Reisen führen ihn in die Schweiz, nach Frankreich, Italien und Deutschland.

1859   Tolstoj schreibt »Semeinoe Schast'e« (»Familienglück«).

1862   *23. September:* Nach mehreren Auslandsreisen zieht er sich endgültig auf sein Landgut Jasnaja Poljana zurück und gründet eine große Familie mit Sophia Andrejevna Behrs. Die Heirat führt von der ersten zur zweiten Schaffensphase Tolstojs. In den Jahren seiner kinderreichen und sich immer schwieriger gestaltenden Ehe mit seiner Frau entstehen zunächst Werke, die Tolstoj Weltruhm sicherten: »Krieg und Frieden« und »Anna Karenina«.

Als Gutsverwalter zeigt er mit der Errichtung einer Schule für Bauernkinder sein soziales Engagement.

1865–1869	»Vojna i Mir« (»Krieg und Frieden«).
1872	»Azbuka«.
	»Kavkazski Plennik« (»Ein Gefangener im Kaukasus«).
1875–1877	»Anna Karenina«.
1879	Doch die Einblicke, die er durch soziales Engagement gewinnt (Hilfe bei der Durchführung der Bauernreform, Hilfe für die von Mißernten betroffenen Bauern, pädagogische Ambitionen, Engagement gegen Leibeigenschaft und Todesurteil) führen ihn mehr und mehr in eine Krise, die sich zunächst in der nur handschriftlich in Rußland verbreiteten »Beichte« zeigt (1884 in Genf gedruckt).
1880/1881	Die Rückkehr zur Religion führt in eine dauerhafte Auseinandersetzung mit der orthodoxen Staatskirche parallel zur Auseinandersetzung mit Staat und Gesellschaft.
	Die »Kritik der dogmatischen Religion« erscheint.
1882	Man stellt ihn unter geheime Polizeiaufsicht.
1883	»Was ich glaube« erscheint.
1886	»Smert' Ivana Il'iű« (»Der Tod von Ivan Ilyich«).
1887	»Über das Leben«.
1888	»Vlast' T'my« (»Die Macht der Dunklen«).
1889	Die »Kreutzersonate« erscheint.
	»Djavol« (»Der Teufel«).
1893	»Das Himmelreich ist in euch« erscheint.
1899	»Auferstehung«. In diesen Werken vollzieht sich die qualvolle Wandlung von der Annahme der Formen der eigenen Kirche hin zu einem rationalistischen und

ethisierenden Christentum.

1900	Ehrenmitglied der Russischen Akademie der Wissenschaften.
1901	Seine offene Kritik an der orthodoxen Kirche führt zu seinem Ausschluß. Exkommunikation Tolstois. Er lehnt den Nobelpreis ab.
1903	»Posle Bala« (»Nach dem Ball«).
1904	»Kommt zur Besinnung«.
1908	»Ich kann nicht schweigen«.
1910	*28. Oktober:* Er versucht, dem schwierigen Zusammenleben mit seiner Frau und den zahlreichen Kindern zu entfliehen. Nach kurzem Aufenthalt im Kloster von Optina erkrankt er auf der Weiterfahrt. *7. November:* Tolstoj stirbt auf der heimlichen Flucht vor seiner Familie auf dem Bahnhof von Astapowo.

Karl-Maria Guth (Hg.)

Erzählungen aus dem Biedermeier

HOFENBERG

Karl-Maria Guth (Hg.)

Erzählungen aus dem Biedermeier II

HOFENBERG

Karl-Maria Guth (Hg.)

Erzählungen aus dem Biedermeier III

HOFENBERG

Erzählungen aus dem Biedermeier

Biedermeier - das klingt in heutigen Ohren nach langweiligem Spießertum, nach geschmacklosen rosa Teetässchen in Wohnzimmern, die aussehen wie Puppenstuben und in denen es irgendwie nach »Omma« riecht.

Zu Recht. Aber nicht nur.

Biedermeier ist auch die Zeit einer zarten Literatur der Flucht ins Idyll, des Rückzuges ins private Glück und der Tugenden. Die Menschen im Europa nach Napoleon hatten die Nase voll von großen neuen Ideen, das aufstrebende Bürgertum forderte und entwickelte eine eigene Kunst und Kultur für sich, die unabhängig von feudaler Großmannssucht bestehen sollte.

Georg Büchner Lenz **Karl Gutzkow** Wally, die Zweiflerin **Annette von Droste-Hülshoff** Die Judenbuche **Friedrich Hebbel** Matteo **Jeremias Gotthelf** Elsi, die seltsame Magd **Georg Weerth** Fragment eines Romans **Franz Grillparzer** Der arme Spielmann **Eduard Mörike** Mozart auf der Reise nach Prag **Berthold Auerbach** Der Viereckig oder die amerikanische Kiste

ISBN 978-3-8430-1884-5, 444 Seiten, 29,80 €

Erzählungen aus dem Biedermeier II

Annette von Droste-Hülshoff Ledwina **Franz Grillparzer** Das Kloster bei Sendomir **Friedrich Hebbel** Schnock **Eduard Mörike** Der Schatz **Georg Weerth** Leben und Taten des berühmten Ritters Schnapphahnski **Jeremias Gotthelf** Das Erdbeerimareili **Berthold Auerbach** Lucifer

ISBN 978-3-8430-1885-2, 440 Seiten, 29,80 €

Erzählungen aus dem Biedermeier III

Eduard Mörike Lucie Gelmeroth **Annette von Droste-Hülshoff** Westfälische Schilderungen **Annette von Droste-Hülshoff** Bei uns zulande auf dem Lande **Berthold Auerbach** Brosi und Moni **Jeremias Gotthelf** Die schwarze Spinne **Friedrich Hebbel** Anna **Friedrich Hebbel** Die Kuh **Jeremias Gotthelf** Barthli der Korber **Berthold Auerbach** Barfüßele

ISBN 978-3-8430-1886-9, 452 Seiten, 29,80 €